E R D U O
SHUOTAXIANGRENSHINI

大鱼
有爱的青春陪伴者

Know you

耳朵说它想认识你

七宝酥 著

花山文艺出版社
河北·石家庄

图书在版编目（CIP）数据

耳朵说它想认识你 / 七宝酥著. -- 石家庄：花山文艺出版社,2022.10
ISBN 978-7-5511-6240-1

Ⅰ.①耳… Ⅱ.①七… Ⅲ.①长篇小说－中国－当代 Ⅳ.①I247.5

中国版本图书馆CIP数据核字(2022)第146052号

书　　名：	耳朵说它想认识你
	Erduo Shuo Ta Xiang Renshi Ni
著　　者：	七宝酥
责任编辑：	董　舸
特约编辑：	蒋彩霞
责任校对：	郝卫国
封面设计：	刘　艳
内文设计：	刘　艳
封面绘制：	茶叶蛋　画画的兔巴妹
美术编辑：	胡彤亮
出版发行：	花山文艺出版社（邮政编码：050061）
	（河北省石家庄市友谊北大街330号）
销售热线：	0311-88643221
传　　真：	0311-88643225
印　　刷：	长沙鸿发印务实业有限公司
经　　销：	新华书店
开　　本：	880mm×1230mm　　1/32
印　　张：	8.5
字　　数：	142千字
版　　次：	2022年10月第1版
	2022年10月第1次印刷
书　　号：	ISBN 978-7-5511-6240-1
定　　价：	46.80元

（版权所有　翻印必究·印装有误　负责调换）

Know you

我的耳朵跟我叫嚣了一天一夜，它说它想认识你。

第 1 章
云间宿 /001

第 2 章
世界名画 /016

第 3 章
CV 都是怪物 /032

第 4 章
茶艺大师 /050

第 5 章
喂猫 /066

第 6 章
你是视觉动物吗 /082

第 7 章
他为什么这么好看 /102

ERDUO
HUO-TAXIANGRENSHIN

ERDUO
SHUOTAXIANGRENSHINI

第 8 章
我叫程宿 /122

第 9 章
老板娘 /146

第 10 章
能抱你一下吗 /166

第 11 章
它是猫，对"狗粮"没兴趣 /186

第 12 章
香喷喷的，可以亲了 /206

第 13 章
我现在就想见你 /222

第 14 章
将来 /242

I want to know you

第1章 云间宿

临近夜里一点，蒲桃才回到家。

说是家，其实也不算家，不过是她在蓉城租的公寓。公寓里不止她一个人，还住着另一位女生，是她的合租室友。

为了赶工画图，蒲桃连续加班三天了。

换上拖鞋，女人四肢百骸都跟捆了秤砣一般沉，唯有腹部是片闹饥荒的孤城。

蒲桃把自己的帆布鞋拎起来，刚要放上鞋架，手便悬停在半空。

室友的鞋横七竖八摆放在那儿，毫无章法地霸占了整排鞋架，她顿了会儿，将它们隔开，给自己那双鞋腾出地方。

拧开卧室门，蒲桃挂好包，翻出奶锅，直奔厨房，打算下碗面条充饥。

跨过移门，蒲桃倏地驻足。

视野里，是一池子乌七八糟的锅碗瓢盆，随意叠放着。

蒲桃胸脯漫长地起伏了一下。

咣！她把奶锅架到身侧的橱台上，走过去，在水池旁静默地站了会儿。

她拧开水龙头，清水哗啦啦涌流，红黄参半的油渍浮上水面。

蒲桃身心俱疲，忽然就被这个画面刺痛眼睛。

污秽油腻的感觉裹覆上来，她仿佛溺入洗菜池里。

一时间反胃到极点，蒲桃强忍住那股子翻腾的作呕欲望，拧上水头龙，回身径直走向另一间卧房。

她开始用力拍打紧闭的房门，木门砰砰作响。

她完全不在意把自己变成一个肆无忌惮的深夜扰民劫匪。

也不知敲了多少下，蒲桃手掌都震麻了。

门里还跟墓穴一样，安置着不会讲话的"死人"。

并且第二天还会起死回生，宛若丧尸一样生存，再夹带着无孔不入的霉菌病毒继续折磨她。

第三次了。

事不过三，一个念头在蒲桃心底得到确认。

她敲的不是门，是面棺材板。如何嘶喊，能唤来的只有自己的回响。

第一次，是室友马桶没冲干净。她在微信上询问，对方不予理会，后来她打电话过去，室友仍旧不接，最后还是刚好在玄关碰上面，她才有机会提了一句，结果，那女孩儿才轻描淡写地说，哦，我没注意。

类似的事，之后又发生过几次，这位室友还是来无影去无踪,唯独排泄方面跟野犬一般低智装瞎,雁去留声,她却臭迹留痕。

第二次,是蒲桃想用洗衣机清洗床单被罩,掀开洗衣机的盖儿就看到了室友存放多时,忘记晾晒的衣服,全员皱成硬邦邦的抽象画卷轴。

蒲桃去找她,她依旧将自己技术性耳聋手段发挥至炉火纯青,躲在屋内装死,等蒲桃回到自己房间,她才去了盥洗室,打开洗衣机重新清洗那几坨近乎发霉的"法棍"。

蒲桃崩溃不已。

合租这事真得靠运气,难保不会遇上怎样的奇葩。

最倒霉的是"双杀",室友有问题就算了,还遇上个只想当甩手掌柜的房东,她的举报得不到任何反馈。

蒲桃心想,三个月一到,她一定要脱离这个鬼地方,越远越好。

蒲桃彻底失了胃口,拿着奶锅回到自己房间,瘫回床上——她的净土,她绣满小雏菊的梦乡。

闭了会儿眼,负面情绪得到纾解,蒲桃翻了个身,从牛仔裤后兜抽出手机,给闺蜜发微信。

她知道闺蜜肯定没睡,便随便选了个表情包开场。

闺蜜回:才回家?

蒲桃敲字:你说呢。

闺蜜叫辛甜，父母起这名旨在"先苦后甜"，但她总大言不惭自称"甜心"。

蒲桃道：我快被我室友气死了。我是不是要晋升了，她就是我晋升前要渡的劫。

辛甜说：或许吧，还有一个月，再坚持一下。加油！蒲小葵！

对她的玩梗不以为意，蒲桃问：你在干吗，磨课？

辛甜：谁这么晚磨课，我在弄后期。

蒲桃：广播剧？

辛甜：对啊，我人都傻了。

辛甜主业是教育机构的语言老师，平时成堆的孩子就够她头大，最可怕的是，即便情绪消耗至此，她还能从几近干涸的海绵里挤出温和耐性为爱发电，这个爱就是她的广播剧事业。

蒲桃：不干不行吗？

辛甜：干完这票就不干了。

她这句话无异于"狼来了"，蒲桃耳闻百千万遍。

蒲桃：都听吐了。

辛甜回：能怎么办，广播剧就是我的生命之光，我的欲望之火。

提起兴趣爱好，她变得喋喋不休滔滔不绝：你要不要听听？我现在做的这部男主角CV（配音员）声音绝了，戏感怎么可以这么好，音色怎么可以那么深情，笑起来怎么可以那么"苏"，都可以去给影视剧配音。

她化身三流作家，大段滥用排比。

而蒲桃毫不领情：免了。

蒲桃没那性子，连小说都不爱看，每天对着那些红红蓝蓝的线条网格都快让她视觉疲劳英年早患青光眼，遑论再听经由小说改编的广播剧。

辛甜顿时失望道：这是你的损失。

蒲桃从左侧卧改右侧卧：有那闲工夫还不如去认识帅哥，靠声音脑补一场爱情，啧，我不行。

辛甜：那你倒是去认识帅哥啊。

蒲桃被她怼愣：怎么认识？我们公司全员妖魔鬼怪。

辛甜笑：那你是什么？狐狸精，盘丝洞？

蒲桃回：姑且认为你在夸我。

她又问：你那儿有不错的吗？

辛甜：咿咿呀呀满地跑的要吗？有些还算白嫩俊秀，是潜力股，等上二十年就好。

蒲桃无言以对。

辛甜也不再回复。

至交好友就是这样，聊天可以随时开启，也能随时结束，无所顾忌。

洗漱完从卫生间出来，蒲桃倒了杯水，准备往空肚里灌点液体掩耳盗铃。

她重新切回微信，想看看辛甜有没有再讲话，却发现辛甜只字未言，仅发来一个音频文件，不算大，就几兆。

文件名：[晚安安 .mp3]。

十二分钟前传过来的。

蒲桃：什么东西？

等了一分钟，聊天框里无回应，她估计闺蜜已经秒睡。

蒲桃几不可见地弯了弯唇，举高水杯到唇边，另一手戴上耳机，先左后右，做完这些，她才按开那个音频。

"怎么还不睡觉？明天我可不叫你了。"

一个清沉声音猝不及防漫出，直冲蒲桃耳底，挟有笑意。

蒲桃陡然僵住，连放杯子的动作都迟缓了。

怎么会有这种声音？

那么自然，那么恰到好处，毫不刻意，是春花怒放，夏风拂林，秋檐滴雨成帘，冬季雪水涓流，丝微涌动，云卷云舒，会让人在一秒内感受到润物无声的宠溺，并且会为这种宠溺而心脏战栗。

原谅她一时半会儿无法用更多形容词来描述，她心乱如麻。

也如中弹,蒲桃动弹不得,胸腔难控,鼓噪轰鸣。

仿佛……

声音的主人就与她躺在一起,圈她在怀,附在她耳边轻语,周遭都是他的温度与气息。

他们是亲密情人,难舍难分,一年四季。

蒲桃面红耳赤。

刹那间,她明白了辛甜跟她说过的那句话——

声控是每个人的潜在基因,它安静蛰伏,直到……

直到遇见那个能点亮你的声音。

蒲桃不是故意要把自己的朋友吵醒,只是,今夜如果不能得知这个声音出自何人,她可能要连锁失眠一礼拜。

拨出第三通电话时,那头终于有人接听。

辛甜声音倦怠拖拉:"喂……姐,我的好姐妹——你还没睡啊……"

蒲桃倚到斗柜上,开门见山:"你发我的音频哪儿来的?"

提到这个,辛甜来了精神,声调提高:"那个?我不是给你说了吗,是我这次做的广播剧里的男主角,这句话是文里对白,他对女主角说的。"

她急求认可:"给我听醉了,所以特意截了这句分享给你!是不是超绝!"

蒲桃淡淡地"嗯"了声。

"哦——"辛甜揶揄,"你也被'苏'到了?"

蒲桃并不打算隐瞒自身意图:"你以为我为什么连夜把你叫醒。"

"哈!"辛甜的尖叫像是要拉着同好兴奋地转圈圈,"我就知道!等广播剧发布了,我会分享链接给你,到时你好好听,多听几遍。"

蒲桃沉默一秒:"你先告诉我这个CV叫什么。"

这回,轮到辛甜发愣:"嗯?"她对各个CV如数家珍,"是宿宿。"

"素素,一个大男人叫这个?"这与蒲桃的想象有些落差,她以为他的艺名会比较光风霁月。

辛甜解释:"NoNoNo,'宿宿'是粉丝给他的昵称,他叫云间宿,归宿的'宿'——据说出自'便相将,左手抱琴旧,云间宿',妥妥的声如其名。"

这个月白风清的名字,如狗尾巴草搔挠,蒲桃的心又开始起伏躁动。她手指在柜面抠了下:"好,我知道了,我明天搜一下。"

"怎么,对人家上心了?一听生情?"辛甜毫不意外。

蒲桃还来不及整理和辨别这种突如其来的心悸,只能给出相对客观的答案:"就觉得声音不错。"

辛甜叹气:"岂止是不错,是惊为天音。他咬字饱沁着感情,特容易让人身临其境。我还算身经百战,但这也是第一次做到他主役的剧。云间宿可是佛系选手,剧本合乎心意才会接,出产虽然不多,但每部都是精品。"

蒲桃对这个圈子一知半解:"他是很厉害的人物?"

"嗯……说是那种超级大佬也不算吧,但技巧不比神级的差,也有一批死忠粉。我猜他主业肯定不是做这个的,估计就跟我一样,纯属爱好。"

声音的主人,在辛甜口中一点点变得具体。

…………

辛甜越说越多,话题无限延展。

再后来,她开始八卦圈中轶事。

蒲桃有一搭没一搭地应付了半个多钟头,终于等到辛甜把自己讲困,告辞滚远。

蒲桃也躺回床上,她没舍得摘耳机,抿紧唇,再次点开音频:

"怎么还不睡觉?我明天可不叫你了。"

哇啊……

她第一次知道,自己身体里也住着一只尖叫鸡,与其他女生并无差别。

　　她闷进被子，又羞耻地听了一遍。

　　"怎么还不睡觉？"

　　"我明天可不叫你了。"

　　好了，知道了。

　　睡了睡了我睡了。

　　她情不自禁地，想要娇嗔回应这个声音。

　　意识到这一切，蒲桃捞过一旁的抱枕，捂住脸，原来这就是嘴角疯狂上扬，颧骨升天。

　　就因为一句话，她完全沦陷，陷入热恋。

　　她怎么睡得着。

　　翌日，蒲桃有半天假，她直接睡到自然醒。

　　日上三竿，正午暖阳轻叩窗帷，女人才睁开惺忪睡眼，她侧了个身，摸到手机按开。

　　十一点多了。

　　蒲桃打着哈欠，掖好毯子，把手机搁回枕边。

　　她重新闭上眼，果然没人叫她，他果然没有叫她。

　　这念头一闪而过，如冰水淋头，瞬间让她清醒。

　　蒲桃惊觉，仅只一夜，手机里已住了一位恋人，他以声音埋下一粒春种，从此在她神思里生根发芽，会叫她条

件反射般想起。

这个认知野蛮生长，不可抵挡。

她这是……

喜欢上了？

蒲桃心跳怦怦地坐起来，拿起手机。

她点开微博，搜索"云间宿"三个字。

她没想到，第一个就会是正主。

他的头像很简单，是白水中央的黑色孤塔，个人简介就更简单了，与名字一样，只有三个字：自由人。

自由人。

蒲桃从辛甜那里听到过这个名词，就是没有加入任何配音社团的独立 CV。

她往下划拉，男人的微博数量不过两百多条，基本都是广播剧宣发或活动转发，不见任何个人日常生活的分享，甚至连节日祝福都没有。他的三次元无迹可寻。

置顶是唯一稍有些人情味的存在，写着他的联系邮箱，还有每周二晚八点会在某音频软件上直播的通知。

可即便如此，他的每条微博都有几千点赞，数百评论，它们在十二万粉丝眼里一定稀少且珍贵。

完了。

蒲桃倚靠到床头，唇瓣不自觉牵起了弧。

这个人，怎么回事，怎么每一个特征都在她"苏"点上，他神秘、高冷、疏离，声音却能让人变身公主，成为他独一无二的大小姐。

没有耗多少时间，蒲桃把他的微博翻到了底。

他的微博是索然的，但他这人应有内容，就因不曾透露蛛丝马迹，这本书才会更加引人入胜，值得寻究细品。

蒲桃点下关注，她想，这应该算是他们的第二个交集。

得想个法子，制造出第三个，第四个，第无穷个。

蒲桃是个很有行动力的女人。

刷牙的时候，她看了下云间宿的微博评论。

粉丝们犹如一大窝幼鸟，抖擞绒羽嗷嗷待哺，如饥似渴地等着他产粮解饿。

她在心里模仿了下她们的示爱语气，发现这并非她的弱项，相反她可以做得更好，假如条件允许的话。

下午，蒲桃照常上班。她在一家测绘工程公司工作，是部门内的佼佼者，出图效率极高，漏洞几乎没有。

她很喜欢这份工作，戴上立体眼镜和耳机，就如同穿上保护色，她沉浸在重现与整合微缩世界的过程中，可以隔绝不少多余社交。

这一行，需要耐心细致，但日复一日一成不变的工作内容，也会带来难以忽视的单调与枯燥。

往常，蒲桃会一边画图，一边听歌。

今天她换了新的调剂方式，她开始听云间宿的广播剧。

其间她要不断掩唇，才不至于让自己像个患了失心疯的怪笑瓜皮。男人的声音，过于渗透身心，代入感太强烈，一边当"社畜"，一边成为备受宠爱的小说女主角，她可从未想过世间还有这种消遣。

过去的她可太傻了，怎么会甘当铜墙铁壁，任友人如何费嘴皮子"安利"都岿然不动，险些错过惊世宝藏。

她面红耳热不间断痴女窃笑到傍晚，有同事来打岔问她要不要一起叫外卖，她才从那个梦幻国度脱离，回到现实世界。

"啊？"蒲桃摘下耳机。

男同事瞥她一眼，愣了下，忽然忘记还要说什么。

蒲桃有着蓉城女孩儿惯有的姣好面容与窈窕身段，就是人有些冷，不假颜色。

此刻的她，罕见的眉目含春，生动到直令人失神。

见男同事不语，蒲桃敛容："我还是吃和幸的猪排饭。"她讲话总如下令，不容置喙，也自动避免更多谈论。

男同事不假思索地点头："好。"随后走离她工位。

给那位同事转了饭钱，等待空暇里，蒲桃重新用手机视监云间宿微博，没有新内容是意料之中，可通过下午的"考古"，她对他有了更多了解。

她发现，云间宿配的几部言情广播剧，女主人公都是可爱主动型，有纯净亮丽的声音。

也许这就是他的取向。

可蒲桃与之千差万别。

她嗓音并不动人，即使刻意压低也与轻柔挂不上钩，这是她的自卑点，也是她只敢在好友面前放声开腔的原因，他们都戏称她"蓉城周迅""川省王若琳"。

但没关系。

她能主动。

思及此，蒲桃指尖敲开私信，快速打字，一句话自她脑中呼之欲出：

"事先声明，我不是故意骚扰你，是我的耳朵跟我叫嚣了一天一夜，它说，它想认识你，如果你愿意，希望你能抽空给它个答复。谢谢你。"

I want to know you

第 2 章 世界名画

蒲桃等了两天,也没等来云间宿一句回复,而过去的四十八小时里,她刷新微博的次数比之前几年加起来还多。

她开始怀疑,云间宿压根儿不会看私信。

但他置顶微博也确切写着,工作事项请私信联系或发至邮箱。

很明显,云间宿直接无视了她这条消息。

蒲桃反复审读自己那份简短的"求认识"自白书,越发摸不着头脑,难道不可爱吗?

"可爱个啥子嘛。"电话那端,辛甜的口气近乎捧腹,"你在搞笑哦,这种土味情话他会理你才有毛病。"

蒲桃正在公司吃午餐,她今日兴起,五点半就起床忙活,很有仪式感地自备了便当。

夹出一块香肠蛋卷,蒲桃蘸了点甜面酱:"那你说我要怎么办嘛。"

辛甜说:"你也是太冲动。你知道云间宿长什么样,哪里人?是高是矮,是帅是丑?结没结婚,有没有女朋友?光听个声音就跟走火入魔似的。"

蒲桃嚼着蛋卷,口齿不清道:"你讲对了,走火入魔,我这两天把他以前所有的广播剧翻来覆去地听,要是鸡蛋在锅里这么反复煎也该焦了,完全进不了口,可我还是小鹿乱撞爱得不行,好想认识他,好想跟拥有这个声音的人耍朋友哦。"

部门里的人都结伴出去用餐,四周清净,蒲桃讲话也因此放肆了些。

她在心里幽幽叹口气:"我试着听了其他男CV的声音,有你以前推荐过的那几个很出名的,都不行,我全都听得一脸性冷淡。就他,他才能给我化学反应,只有他是我的天菜。"

"我好想认识他,"蒲桃总结陈词,并给朋友下达任务,"你帮帮我。"

"真想不到,你比我还疯。"辛甜无可奈何,只能搬出一盆凉水,"他真人要是比你矮怎么办?"

"也没关系,真爱就是颠覆过去的标准,肢解重组那些框架。"蒲桃信誓旦旦,语气如攥拳。

"天啊——"

辛甜没辙了。

就很奇怪,也很奇妙。

无药可救地钟情一个声音,渴盼邂逅声音的主人。他在她的五感中打开一扇天窗,照亮了她幽闭的方寸之地,使得她热切地伸出手，和光同尘，要去追寻天花板后的所有景象。

连蒲桃都觉得自己不可理喻。

但没办法。

日渐沉沦，想要将它变成具象。不见到实体，她的幻想与无头飞鸟无异，找不到栖息地。

当晚回到公寓，蒲桃迎来好消息。

辛甜告诉蒲桃，她从一个三次元跟云间宿有过交集的女CV那里得知，云间宿还是个单身狗。

此外，她忽然问蒲桃还用不用QQ。

蒲桃怔了下：很少了。

她大学毕业后就迁移阵地，成为微信的忠实拥趸，满载"中二"期痕迹的QQ快生苔发霉，若不是辛甜问起，她都快忘了这个尘封的聊天软件。

辛甜：立刻！马上！登QQ！

闺蜜态度如激战在即，蒲桃也跟着紧张起来，马不停蹄摁开企鹅图标，才一上线，她猝不及防被辛甜拉进一个QQ群。

蒲桃瞟了眼群名，《独钟》剧组群。

还没来得及私聊辛甜问清前情提要，她已在群里被点到，蒲桃只能调头切回去。

艾特她的是一群之主。

【策编导】向葵：欢迎我们的绘师@蒲桃，小葡萄，麻烦改一下群名片。

蒲桃"一脸蒙"。

她看见辛甜完美融入其中。

【后期】甜心：嘻嘻，是我拉来的壮丁，咱们人设图有着落了。

蒲桃"二脸蒙"。

【美工】岁晚：就等你出图了。

顺带一个跪拜大触的表情包。

蒲桃"三脸蒙"。

她木了几秒，直奔与辛甜的私聊窗口：什么情况？

辛甜：我在给你助攻啊。

蒲桃：？？？

辛甜：你去看看群成员列表。

蒲桃旋即去翻群聊成员。

一开始，她并未发现任何异样，等滑至末尾，一个眼熟到快嚼烂的ID映入眼帘：

云间宿。

蒲桃颊边开始释放热气，她按捺不住要去跟朋友通气。

她截图发给辛甜，假淡定：这是他？"高岭之花"怎么爱用QQ？

辛甜：废话，除了他还有谁。因为微信不方便发大文件OK？我们专业人士都更习惯用QQ！你少给我软件歧视，我今天求爷爷问姥姥才让向葵把他拉群。

蒲桃：你晚上就拉了我，会不会很明显很昭然若揭？

辛甜：哪里明显了？你天时地利，理由充分，我们剧组刚好要出海报，之前那个画手家里出事了，今天跟我们说没空出男女主角人设，我就近水楼台假公济私跟小葵"安利"了你！粉丝私联这条路肯定行不通了，你回头可以借工作之由跟他暗度陈仓，嘿嘿嘿哈哈哈，我真是个老奸巨猾的月老。

尽管她语气贱兮兮，但蒲桃还是要为她起立鼓掌，打字节奏都轻盈起来：你好伟大，我何德何能遇上你这样的好姐妹。

辛甜并不为蒲桃的"彩虹屁"所动，迅速撇清关系：我就帮你到这儿了，无论他是一米八还是一米五，我都不会再为此负责。

蒲桃笑肌发僵，停顿三秒：不过……我是要画图？

她顿感为难。她许久不动画笔，难免生疏，生怕在男神面前出糗。

辛甜：当然了。我记得你大学那会儿画画就不错，光靠画头像就赚了不少外快。

蒲桃：可我好久没画了，我板子都不知道搁哪儿去了。

辛甜：没关系，绘画是肌肉记忆，相信自己。

蒲桃：……

算了，不想了。

画人设只是个由头，她本就醉翁之意不在酒，当下重点是如何顺利勾搭上云间宿。

她修改完群名片，重新去看群列表。

女人指端在屏幕上戳数着，一、二、三、四、五……

她的 ID，与云间宿之间，只间隔了五个人，仿佛触手可及。

蒲桃嘴角上挑，很快进入角色状态，在群里乖巧懂事地艾特回复所有人：

初来乍到，我会用心画好人设，还请大家多多指教。

他，云间宿，一定也能收到她的艾特。

对啊，她本来就是故意的。

冠冕堂皇之下，全是不断丛生的小九九，因为她也在心里另外艾特了他：

@云间宿，我会用心的，给我等着。

闺蜜无情拆台。

【后期】甜心：你在做入职宣誓？

【绘师】蒲桃：……

她不再搭腔，转回列表查云间宿的资料，男人头像与微博一致。

她还发现，他地址显示在山城，离蓉城很近。

这就是上天注定的姻缘吗？蒲桃自娱自乐地想了下，她咬咬下唇，按下加好友，验证信息是顺理成章又理直气壮的——"剧组画手"。

加加加加加加加啊。

接下来的五分钟，蒲桃的视线快将手机屏聚焦出一个黑洞。

天窗外终于吹进了风。

云间宿通过了她的好友申请。

"我通过了你的好友请求，现在我们可以开始聊天了。"

蒲桃超脱般一下仰回床上，两条细长的腿蹬出高频的空中自行车。她每个毛孔都舒展开来，心花怒放。

蒲桃单手盖了下脸，接触最多的都是自己暖乎乎的苹果肌。

她凝视了一会儿那个聊天框，跟她已自作主张定义下来的声音男友打招呼：

"云间宿大大，你好，我是独钟剧组新来的画手，你可以叫我蒲桃！接下来男主角的人设图要麻烦你过目和提些意见，所以可能会经常打扰到你，希望你不要嫌我烦……"

不就是像他广播剧里那些女主角一样可可爱爱卖卖萌撒撒娇，她学习能力向来强，光靠两天恶补也能模仿出八成以上。

一个软绵绵小羊表情包紧跟其后，更显娇憨。

下一刻，鱼饵动了。

云间宿：我尽量。

云间宿回复了。

蒲桃心突突乱跳，要把手机放一旁缓一会儿，才能静下心来继续对话。她好怕自己一激动，下意识地甩出去的都是整排的"啊啊啊啊啊"。

蒲桃深呼吸，胸线缓慢浮动，过了会儿，她把手机重新捞回眼前。

视线刚触及那三个字，她唇边的"上扬"开关就秒速开启。

要说什么？

谢谢你？

可这样，不就把天聊死了吗？

蒲桃及时打住，改换策略，想使用点话术延长这段交流。

她再次拟出软萌妹口吻，打字：谢谢云间宿大大，我现在就动笔！不过还是想请问下，您心里预想的男主角人设有个大概的样子吗，我好往那个方向靠拢。

云间宿回得很官方：剧里什么样，你就画成什么样。

得到答案的同时，蒲桃也确认了。

云间宿很"高贵"，他在社交软件的各方面特征外加聊天用语习惯，无不彰显着略显孤高的气息。

她不把天聊死，他也能把天聊死。

蒲桃当即决定，见好就收，不必急于一时，过分纠缠反而容易惹来反感。

不如先去画出线稿，掏出有说服力的东西，让它成为博取对方关注的载器。

蒲桃清了下喉咙，仿佛自己发出去的文字有声音那般：那我去仔细琢磨下，等线稿完成了再来打扰您！

云间宿回：好。

好。

不是"嗯"，不是"哦"，不是"行"，是"好"。

蒲桃心又软化了，蓬松了，迅速发酵成香甜的面包。

因为男人的广播剧里也常出现这个字眼，这个答复。

就一个字，却那么纵容，好像让他上刀山下火海也心甘情愿，在所不辞。

蒲桃蹭下床,翻箱倒柜找起数位板。一无所获过后,她猛地想起,年后换房那会儿,她嫌板子闲置着占地方,就给扔回家了。

时不我待!

蒲桃在心里哀号一声,只能退而求其次换平板当绘画工具。

她抽出书桌抽屉里的 iPad 和触感笔,打开绘画软件,调好参数,对照着手机上辛甜私发给她的人设要求,开始找手感。

"陆柏舟:西装革履,黑发黑眸,笑容浅淡,眼睑微垂,单手插兜,另一手按在女主脑袋上方,摸头杀。"

蒲桃脑中瞬间有了构图。

她把 iPad 摊平,用手指在屏幕上下左右比画两下,确认角色范围,而后开始下笔勾线。片刻,一道男性身躯跃然纸上,它线条粗糙潦草,但结构颀长完美。

正如辛甜所说,某些才能就是肌肉记忆,即使手生了,经年累月遗存下来的习惯也会让人快速与之投契。

简单细化完,蒲桃用橡皮擦抹去多余线条,男主人公陆柏舟就此从文字变成画面。

蒲桃注视着他淡漠的眉眼,平白生出畅想,她感觉,云间宿本人就长这样。

她小心落笔,为他瞳孔点上高光。男人的双目,一下子变得含情脉脉,无论是谁,都会被这个神色与动作融化。

如果能开口说话就更妙不可言了。

蒲桃在男人脑后添上气泡框,然后写下自己的白月光:"怎么还不睡觉?明天我可不叫你了。"

即便这句话与整个人设图背景毫无关系,甚至有点突兀出戏。

不过,完全不影响这是一张——

绝世佳作!

蒲桃虚拢起拳,单手撑腮,嗤笑看了会儿,最后唰唰几笔,在男人本来留白的手掌下,画了一只羞羞脸火柴人,并在它身体上署名:蒲桃。

太羞耻了,羞耻到令人兴奋。

自嗨了好一会儿,蒲桃摸起手机,拍下这幅半成品线稿,迫不及待地想要与朋友分享。

如此恬不知耻的画面,她一个人承受不来。

蒲桃弯着眼,点开置顶聊天框,把图片发送出去,急促敲键:快看,世界名画!

她已做好被朋友白眼嘲讽瞬间淹没的准备了。

不过——

似乎,有点不对劲?

蒲桃定神，面容一瞬凛下，红云从她面颊蔓延到耳后。

她太得意忘形，居然忘掉刚才结束聊天时，自己把云间宿也请上了QQ聊天列表的金字塔顶端，还下意识地认为置顶的只有辛甜一人，戳进去就开嗓。

前一秒还亢奋到脚趾蜷缩的蒲桃，这一秒已经尴尬到头皮发麻。

她头晕目眩，脑袋里全是弹球在四下飞窜，叮当作响。

僵窒两秒，蒲桃手忙脚乱按下撤回，整个人窘迫如高压锅喷鸣。

参考云间宿同意好友申请的前后时长，他应该是没看见。

她这样宽慰自己。

然而……

云间宿：……

已经看到了？

蒲桃指尖微颤，有些惶恐。

云间宿：怎么撤回了？

蒲桃五官凝固，心如死灰地敲字：发错人了。

云间宿：不是发给我的？

不是……但好像，也是……

可，绝对不应该是这个版本……

蒲桃神思打结，脑子也有点乱。她心脏仿佛卡在嗓子眼儿，艰涩应对着：你看到了？

云间宿：嗯。

蒲桃：看到多少？大图还是小图？

如果只是小图，还有挽救机会。

对方完全不留情面，还略带调侃：欣赏了整幅世界名画。

蒲桃：……

聊天框里变得异常沉默。

蒲桃不知如何应付，才能显得自如。她是个表里不一的闷骚鬼，待人接物上并不油滑，现实生活中，她对外表露的部分通常只有脑内的万分之一。

可此刻不一样了，她自撅果壳，不当心滚去了一个心仪的陌生人面前，她没能及时逃掉，已被他捡起，亲眼目睹了灰头土脸的自己。

须臾。

云间宿主动问起：喜欢这个男主角？

蒲桃回魂，男人只言片语砌下一方台阶，给了她一个不错的借口用以开脱。

她安静少顷，纠结着。

那扇无形天窗的风似乎变大了，推搡着她脊柱，她忽地就想直抒来意。

真诚点儿吧蒲桃，虚伪的体面只会把你跟这个人越推越远，她对自己说。

下定决心，蒲桃打字的力道都坚实了些：不是。

蒲桃：是喜欢这句话，很喜欢。

云间宿：哪句？

不知为何，她的脸又开始发烫。她将下唇咬得发白：图里的，你应该看到了吧。我朋友是这部广播剧的后期，她发给我听过一小截，就是这句。

聊天框再度安静。

片刻，那边传来一段4秒语音。

简短的文字消息紧跟其后。

云间宿：这句吗？

Know you

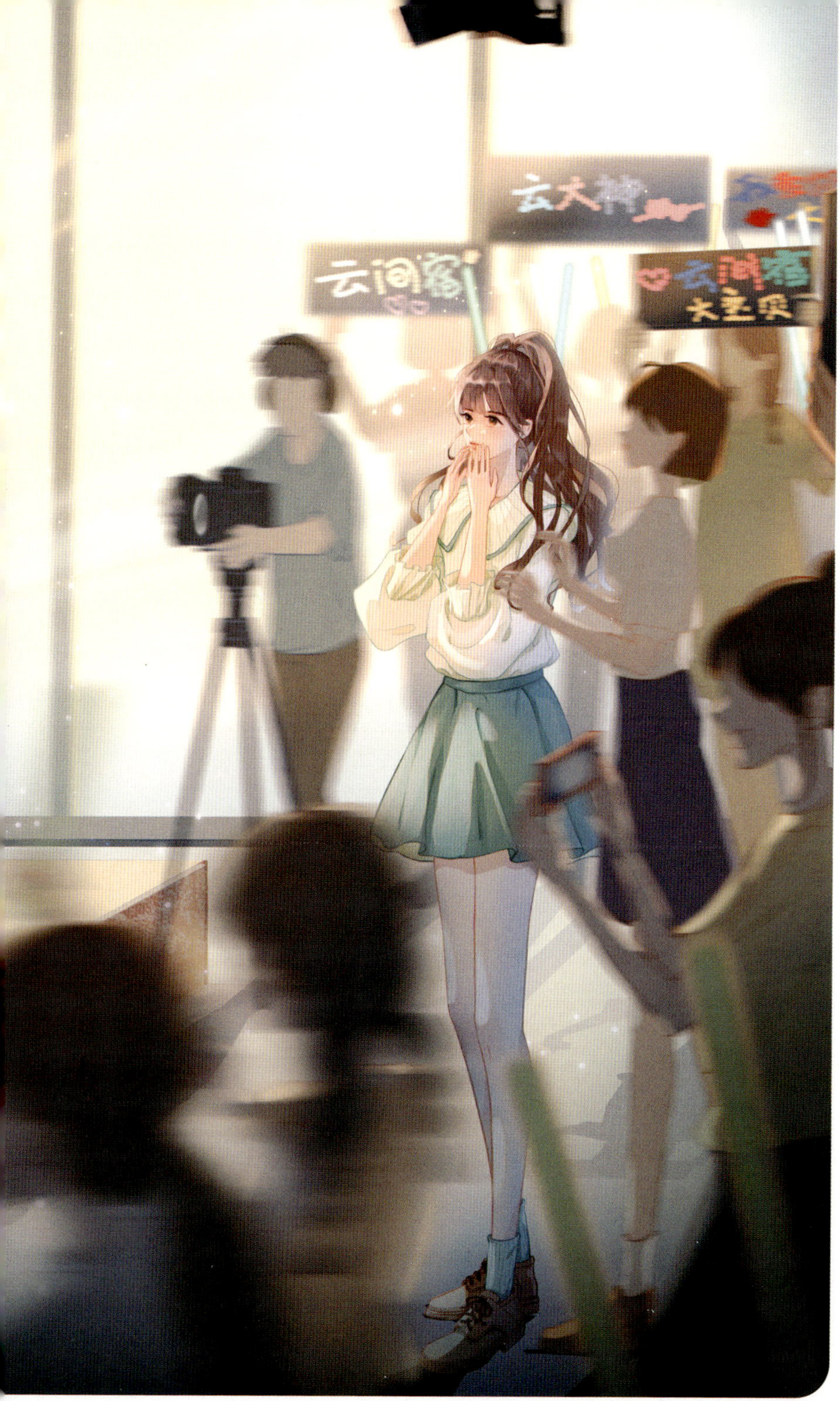
云大神

第 3 章 CV 都是怪物

蒲桃双颊一瞬红了。

她没想过,这么快就能听到云间宿的现场版。

她心扑通跳着,怀着近乎朝拜的虔诚,做好准备,点开了那段语音。

同样的四秒后,蒲桃石化。

这是一段超乎想象的语音——并不是因为它多么动人心魄,而是声音的主人在恶搞。

没错。

是她心心念念的那句话,但不是她心心念念的声音。

语音信息量极大,前一句是近乎御姐的清冷音色,而后一句,又化为沧桑的老年男性。

蒲桃沸腾的心思降至冰点,她难以置信地问:都是你讲的?

云间宿兴许在笑:你说呢?

蒲桃整个人都呆滞了。

如果她没记错,这可能就是辛甜曾提到过的伪音。

CV 果然都是怪物。

蒲桃回:你到底男的女的?

云间宿：重要吗？

蒲桃想说，重要啊。

可这样表态，不就坐实了自己因为声音开始暗想他本人的无耻心理。

但她仍是直截了当：怎么说呢，这种声音出自男性的话，可能更能满足我的个人幻想。

云间宿：如果只是喜欢某个声音，我本人对你而言并不重要。

云间宿：我一样可以发出其他声音，可以是任何人。

蒲桃语塞，她隐约感觉到这个人在拒绝，他敏锐察知到了自己那些蠢蠢欲动的小心思。

她蹙起眉，快速打着字：可声音也是你这个人的一部分。人都会被另一个人身上的某个特质吸引，可以是脸蛋、身材、行事风格，声音不也是吗，声音就不可以了吗？

她还为自己的逻辑搬出证据：就像你，不也被我的画吸引了，还跟我多说了这么多句话吗？

云间宿没有再讲话。

他一时间被这句话逗到加堵到，只能短暂失笑。

开始配广播剧后，他遇到过利用各种方式来接近他的女孩儿，更有甚者会通过共同的熟人探知他现实信息，并蹲他公寓附近堵人，不堪其扰。

她们都因为声音，对他产生了近乎盲目的迷恋，以及自身都未意识到的强烈窥私欲，其实这并非好现象。

一开始，他会置之不理，再后来，他发现冷处理会让部分人越挫越勇，他只好一概挑明，直接回绝。

但对面这姑娘，显然脑回路奇特，根本没领会他的意思，还反将一军。

他索性沉默，多说多错。

蒲桃等到了十一点，也没等来男人的再次回复。

她不好意思再打扰，只平均五分钟就点进列表和资料确认他是否把自己删好友。

洗澡时，她都把手机放洗脸池边上，生怕云间宿回心转意，她却因为其他事耽误，不能及时留意到。

蒲桃无脸去跟朋友分享自己闹的乌龙出的糗，可她也辗转反侧睡不着。

她就像做阅读理解那般，反复翻看着她与云间宿的聊天记录。

那段伪音，无论听多少遍，还是会被吓到，但并不能洗刷掉听他初始声音时的惊艳。

蒲桃还去找了云间宿的直播回放。

他的直播内容有如电台，就半个小时，无关唱歌，也不是节选配音,而是选读粉丝私信,然后给点建议;有时也会分享一些伪音技巧。

但他原声依旧是听觉享受,音色恰到好处,即便不含多余情感,也有着一种介于温和与清冷之间的特质,仿佛牛奶咖啡调配得当,是无可挑剔的醇郁。

就这种人,还怪小女生喜欢他?

贼喊捉贼的典范。

十二点半,蒲桃愤愤不平地从床上坐起来,重新打开iPad,擦掉气泡框和花痴火柴人,补上女主角人设的线稿。

给整幅图上完色,已经是后半夜了。

蒲桃打了个呵欠,搓两下眼皮,活动着稍有些僵痛的后颈。

她存好图片,传导到手机上,分别发给辛甜与向葵。

次日,她的辛勤成果有了回馈,策划直夸她出图质量极佳且又效率颇高。

美工将海报初稿发至群聊,大家纷纷称赞,连几个鲜冒头的CV都说好看。

接下来半个月,蒲桃都没有再听广播剧,开始戒断。

兴许她就是三分钟热度呢,她如是想。

辛甜来问她与云间宿的进展。

她死要面子,只能哈哈打岔过去,说不温不火,走一步看一步吧。

事实上，那晚过后，她没有再跟云间宿讲过一句话，一个字都没有。

他还是她的置顶，并且真的变成一朵她等俗人望尘莫及的"高岭之花"。

《独钟》ED（影视作品的片尾曲）如期发布，第一期广播剧紧追其后。

上班时分，辛甜分享来链接，兴冲冲道：听了吗？播放量涨好快啊！

她别有用心发过来的，还是云间宿的微博转发链接。

蒲桃两个钟头前就收到推送了，毕竟云间宿是她的特别关注，但她没有点进去。

因为她在戒毒，她是个自律的人！

这一次，她点开了链接。

蒲桃瞄了眼海报，男主角情有独钟的眼神被她诠释得恰到好处，与书名一致。

她看到自己微博也被 @ 了，就在 staff（参与制作这部剧的全体成员名单）下方。

—staff—

策编导：向葵【声息工作室】@向葵是朵向日葵

后期：甜心【声息工作室】@甜心今天开始不喝奶茶了

美工：岁晚【声息工作室】@岁暮晚歌

绘师：蒲桃 @噗噗噗萄

…………

蒲桃再去找cast（参与配音的成员名单）里边的熟悉ID。

第一个就是他：

陆柏舟：云间宿 @云间宿

…………

蒲桃看看他的名字，又看看自己的，所有人，只有她跟他，没有工作室与社团的后缀。

微妙而奇异的侥幸袭来。

让她忍不住觉得，好像有点相配？

完蛋，她又开始东想西想胡乱脑补了。不过，她转念一想，云间宿会详看这个名单吗？因为有过交集，会不会也顺手点进她的微博扫一眼，然后发现那条低智私信出自她手？

天啊！蒲桃想以头抢桌，她扶额，闭了闭眼，生无可恋。

这都刻意回避多少天了，理应沉淀下起不来波澜了，她怎么还是无法直面。

一定是太丢人的缘故。

算了，一件丢脸事和一百件丢脸事又有何区别，反正

都是丢脸。

跟那个 m 站链接面面相觑片刻，蒲桃决定进去听一段，用以验收自己的戒断成果。

她深吸一口气，打开网页。

蒲桃觉得自己不会好了。

男主角开口的第一秒，她的心脏再一次狂跳。

她前功尽弃，这个声音是鸦片，随时能把她拖入迷幻深渊，它漫入耳朵，在脑内形成海市蜃楼美丽新世界。

她亲历其间，就是画中那个被他摸头的女主人公。

这是云间宿才能带来的，独一无二的体验。

总之，到最后，本只打算听五分钟的她，不知不觉把整期听完了。

ED 前奏响起，蒲桃才如梦初醒。

她想得到拥有这个声音的人。

这个念头卷土重来，还有种压抑过后更加难控的气势汹汹。

关掉页面，蒲桃直接上 QQ，戳进置顶聊天。

她庆幸地发现，她还在云间宿的好友栏，没被关进小黑屋。

她思绪起伏，卑微的下一秒是激进，她直接发：我听了最新的广播剧,还是好喜欢你,怎么办?

过了几分钟,云间宿居然回了她。

他:……

蒲桃:要不你把我拉黑?

她毫无恋爱技巧,不惜把自己逼到悬崖,行于刀刃。

云间宿:也行。

蒲桃心狠狠一跳,赶紧勒马:不要吧,求求你!看在我把你画那么帅的份儿上!

对面又没了声响。

真黑了?

蒲桃发出一个小表情试探,并未收到提醒。

她一下子又来了劲儿,自行发挥,勇提宝贵意见:要不这样,你每天跟我说一句晚安,让我听到麻木,产生抗体,自体免疫,之后我保证不再纠缠你,好不好?

这句话冲击或许有点大,云间宿终于愿意出来走两步。

这两小步还是他的省略号。

蒲桃说:不然,你告诉我你多高好了。

若他本人真如辛甜乌鸦嘴,只有一米五,那她可能不会再疯到这种程度。

云间宿完全被她的跳跃思维弄蒙:?

蒲桃以为他没听懂：就是你的身高。

不知他是被弄得不耐烦了还是在故意激回来。

云间宿：想知道这个干什么？

云间宿：怎么，你要跟我站一起吗？

不知为何，这句看起来语气不大愉悦的话，却硬生生把蒲桃看笑了。

无关其他，就是有画面在她脑中自动成形，她情不自禁地咧开了嘴角。

她嗒嗒嗒地打字，自报真实身高：可以啊，我不穿鞋162cm，能拥有跟你站在一起的机会吗？

云间宿被她的无所畏惧打败：跟你说了不要关注本人。

蒲桃努了努嘴：可我也不想把你拱手让人，如果有个人能听一辈子你的声音，那个人为什么不能是我。

云间宿：假如我已经有女友，已经结婚，你能怎么办？

蒲桃：你没有，我朋友帮我问过，说你还是单身。

云间宿：你还调查我？

蒲桃：因为我三观正讲道德，不做小三。

云间宿：你朋友哪位？

蒲桃绝不出卖她的情报人员：不能告诉你。

云间宿：你还挺有原则。

蒲桃：如果你实在想知道，我可以先去问它同不同意。如果它同意，我再来告诉你。

云间宿：它？

蒲桃危机意识满满：对啊，我不能轻易透露它性别，好让你缩小范围搜查出罪犯本人。

云间宿：你多大了？

蒲桃警惕：干什么？

云间宿：好奇。

蒲桃：你多大，我们可以等价交换。

云间宿：身高能直接报，年龄就不行？

蒲桃：嗯，你就当身高是附赠品，拿来吸引消费。

云间宿：我猜你最多五岁。

蒲桃：谁五岁就有162cm，"339"投胎吗？

书桌前的程宿轻笑一声。短短两三分钟，他已经是第二次笑了，就因为对面这姑娘讲话过于有梗，趣味横生。

她思维跳脱，讲话似琴键乱弹，谱出的曲子杂乱无章，但胜在独特率真。

所以，他会下意识地询问她年纪。

都市中人都喜欢戴着毫无瑕疵的面具游弋生存，谨慎、体面，如履薄冰。

而这位不同,她把所有心思都搬出来摆摊,好的坏的,诚实的投机的,等顾客被这种怪诞吸引,停下来询价,她又露出绝不吃亏的奸商嘴脸。

不知道她具体岁数,但心理年纪绝对高不到哪儿去。

可他却感受到,意料之外的松弛,很……

解压。

对,解压,跟她聊天很解压。

他找到了确切的形容词。

他不介意再在她摊位前多待会儿,所以也继续回复她:339?

蓉城的电视塔,高达339米,他猜她是当地人。

这么想着,程宿点进她的资料,果不其然,上面填写着"川省-蓉城"。

对方显然步入了他的圈套:你一个山城人不知道电视塔?

程宿轻叹一声:你又知道我是哪里人了?

蒲桃:挂在资料上谁都能看到呀。

程宿:乱填的。

蒲桃:啊?真的?

蒲桃:那你到底是哪里人?

程宿:你多大?

她的招式，他原封不动奉还。

行吧，又绕回原处了。

蒲桃的原则变成对云间宿没有原则：我二十四岁，所以你哪里人？

程宿：山城人。

蒲桃：……

蒲桃迎来了她的首次无语，心头小人在对空气拳打脚踢：不是乱填的？

程宿：乱填也能填真实地址。

诡辩。

不折不扣的诡辩。

蒲桃半信半疑：可你普通话很标准，没有 l、n 不分。

程宿：别地域歧视。

蒲桃：我不是，我没有，我们也好不到哪儿去，歧视你们山城人等于自取其辱，五十步笑百步。

蒲桃刚要再多点辩白，主管来巡视，眼看就要游荡到她这边。她只能忍痛告辞，再虚情假意投身事业。

蒲桃：我们主管来了，我先匿五分钟，你可不可以等下我？

她在心里双手合十，祈祷，再祈祷。

云间宿可真是个无情男子：我也要去忙了。

蒲桃如考场作弊女学生，边抬眼，边抓紧时间敲字：您要忙多久呢，我等您也可以，我六点下班，之后时间都归您。

云间宿言简意赅：不知道。

什么人啊。

蒲桃差点掀手机。

还以为通过这段毫无障碍的闲谈，他们已经加深彼此的了解，积攒了一定程度上的兴趣，彼此都会对下一次聊天有所期待。

她誓不罢休：我可以加你微信吗，因为我用微信比较多。

云间宿没回复。

蒲桃争分夺秒，手指快戳出残影：我们主管要来了！我在等你二维码！我还没放下手机！还双手紧握！你再不给我！我就要被扣工资了！我一个人在大城市单打独斗！扣钱如同割肉！我现在是冒着被千刀万剐的风险跟你要微信！你就可怜一下我吧！

反正感叹号不要钱，务必突出她的十万火急。

啪！

按下发送，蒲桃迅速反扣手机，面无表情地望向显示器。

主管似一座大山，缓慢从背后移行过去。

蒲桃神色淡漠，似心无旁骛，其实耳朵在不漏分毫地留意桌面动静。

须臾，手机振动了一下。

蒲桃偷偷翘起唇角。高兴归高兴，她不甚自信，说不定只是软件推送呢。

不过，还是不会减淡她的窃喜，她的自作多情。

之后，主管长留办公间，一直在跟一个同事低声谈心。

蒲桃不敢动弹，心不在焉熬到下班，她马上捞起手机，点开 QQ。

下一刻，她血压升高，心动过速。

云间宿聊天栏里，显示的是 [图片]。

要怎么做才能抑制住自己要冲泄出来的惊喜。

蒲桃都想躲到桌肚里去了，不然以她往常在公司的低调表现，她此时刻意镇压又完全不见效的扭曲神情，估计会震慑到在场大半同事。

她果断从笔筒里取出一支笔，装作不经意把它丢到地上。

蒲桃真的藏到了桌肚里。

趁着躬身间隙，她摁进去看到底是什么。

…………

她要落泪了！就是他的二维码！

咣！

蒲桃的工位传来重响。

走道里的幢幢人影停顿下来，不少同事冲她看过来。

蒲桃过于兴奋，后脑勺不当心撞击到桌板。她疼得龇牙咧嘴，可人飘飘然，笑意喷薄，她心里仿佛安了支狂舞的花洒，捉都捉不住。

她重新压低脑袋，保存图片，切回微信，火速扫码。

云间宿的微信，比微博QQ多了人间烟火气。

头像不再是水景高塔，而是一只虎斑猫，名字也不叫云间宿，仅一个"emoji"的猫头。

她忽然觉得，她好像离他更近了。

到了好友验证，蒲桃又开始犯难。

要怎么和微信上的云间宿打招呼呢。自报家门？那多老套，多无趣，多没有个人魅力。

蒲桃瞥了眼先前的聊天记录，灵机一动，有了想法。

同一时段，超市里，收银员扫完所有商品，麻木疲倦地报出金额："三百四十二，扫码支付吗？"

"嗯，对，麻烦给我个袋子。"

收银员下意识地望向来人，因为这喧嚣嘈杂间，清水一样涤荡的声音。

只一眼，便再未收回。

这位顾客的外形，也很对得起他的嗓音。

程宿点开微信，刚要扫码，瞥见通讯录多了个红色提醒。

不消想都知道是谁。

程宿付完钱，顺手点开，下一刻，他唇角勾起。

手机屏幕上，是对方惹人发笑的好友认证消息，就五个字：

您忙完了吗？

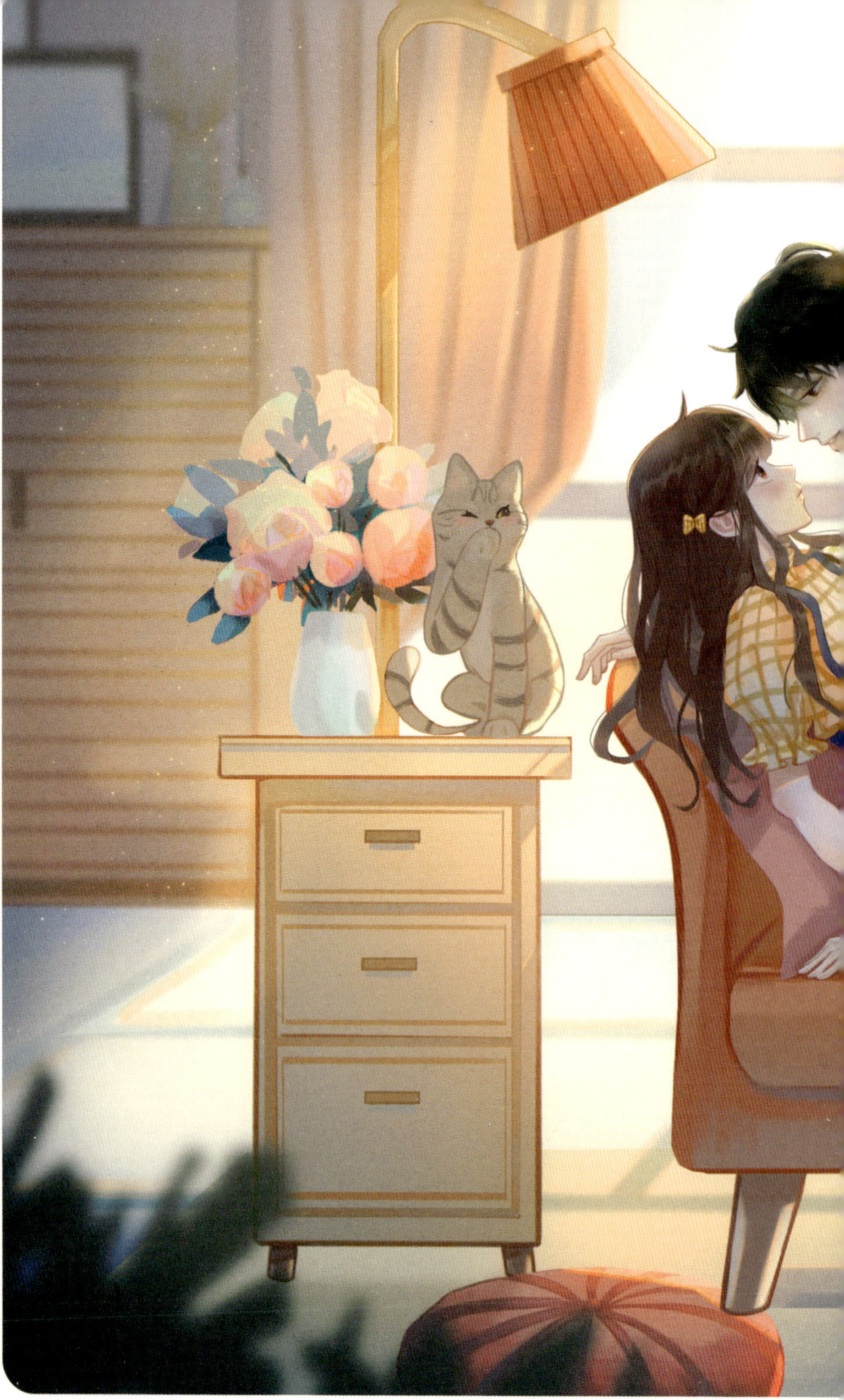

Know you

第4章 茶艺大师

蒲桃在公司逗留了一会儿,也没等来云间宿的通过。

兴许还在忙。

她这般想着,摘掉发圈,挎上小皮包,走出写字楼。

地铁站内熙来攘往,整排两旁闪烁的广告位,是这座不夜城一字排开的魔法卡牌。

被人流挟裹着涌入车厢,蒲桃环顾四下,已经没有空座。

周遭乘客面色各异,或疲惫,或新鲜,有家长狠捂住怪叫的小孩儿,用方言嗔他话多。

蒲桃弯了下唇,在这对母子面前站定。

她一手举高握住吊环,一手取出手机,想看看云间宿有没有同意。

下一秒,蒲桃手指微微拢紧。

她跟他一定是心有灵犀,不然为什么在她点进微信的一瞬间,跃入眼帘的就是他的放行提醒。

环境不再如鱼罐头一般窒闷,她被隔离进自如的氧气瓶。

蒲桃单手打字:忙完啦?

云间宿:嗯。

就一个字,像锁孔嘎哒一下,有点要闭门谢客的意思。

又像是抽掉门闩,只等她推开走进。蒲桃一时有些摸不准。

她抓紧时间逛了下云间宿的后花园——朋友圈。

她发现,这位老哥就是个彻头彻尾的猫奴,这一个月内,他五条状态里有四条都是猫的"日常写真",没错,就是他头像那只,还拍得很考究,应该是用了不错的相机,有手机镜头望尘莫及的景深效果。

猫的名字叫"大条"。

蒲桃宣布:我下班啦。

蒲桃说:你呢?

云间宿没有回复。

蒲桃焦灼地等了会儿,从表情包里选了个"戳你一下"发过去。

这是她从辛甜那儿保存的,QQ有这功能,但微信没有,她拿来用,通常是因为朋友没及时回复,她就会用"戳你一下"刷屏轰炸,并将此称作夺命连环千年杀。

但面对云间宿,她只发了一个。

她觉得,这有一点儿小心翼翼,怯生生求回复的效果。

少顷,对面猝不及防传来一条语音。

蒲桃顿时热血沸腾,内心尖啸,心痛道:我在地铁上。

云间宿言简意赅：转文字。

蒲桃：暴殄天物会遭报应的，要吃斋念佛，沐浴焚香，双手合十，独自一人，再点开你的语音。

好死不死地，云间宿又发来一条。

还是语音消息。

有些挑衅，又好像勾引。

嗯？

温水涨上脸蛋，蒲桃整个人都被端进热锅里，变得火急火燎。今天回家的路是要横跨大西洋？竟如此漫长，最要命的是，她的手机耳机还丢在公寓里。

她只能回：我回家再听。

聊天框里再次动静全无。

狗男人。终于到站，蒲桃心底唾骂一句，踩着中跟鞋，几乎是一路小跑回了公寓。

微喘着气停在书桌前，她拿出耳机，塞进耳朵里。

她缓缓坐定，双手捧着手机，鉴赏珍品前的神秘仪式即将开启。

蒲桃深吸口气，又徐徐吐出，而后一指禅戳开云间宿的语音。

第一条："我在开车啊。"

第二条跟在后面："没办法打字。"

呜……

晕!

要命!

是他的原音。

很随意,很日常,可就是好听得要死。

蒲桃霎时捂住嘴,身体前后晃成失灵的大摆钟。

多国语言在她脑子里大串烧,哦莫哦莫(어머,天啊,罗马音 eo meo),sugoi(すばらしい,好厉害,罗马音 sugoi),Oh My God(天啊)!妈妈妈妈,她坠入爱河了。

耳朵里也应该安排一个房间,她好把这个声音裱起来,挂墙上,收藏至死,这可是声音界价值连城的宇宙名画。

她回味了不知道多少遍,人才稍微缓和了一点儿,能稳住自己回复他消息。

蒲桃:我到家了。

她扫了眼上面的记录,感觉自己就像个自报行程的人工智能。

她赶忙补充:听完你语音了,听君一席话胜读十年书。

她又叭叭道:你还在开车吗?

云间宿这一次回得蛮快:我刚到家。

蒲桃说:你可以假装还在开车吗?

云间宿:……

蒲桃搬出依据：由俭入奢易，由奢入俭难。

云间宿：开车发语音也很危险。

蒲桃赶紧说：对，还是不要了。

生怕把天聊死，她找别的话题：你也刚下班吗？

云间宿：去了趟超市。

蒲桃不想当一个问话机器：我本来也想去超市的，但急着听你语音，就先回来了。

云间宿：要买什么？

蒲桃：随便逛逛。

云间宿：买茶叶？

蒲桃：啊？

云间宿指出：你名字。

蒲桃才意识到自己的微信名，茶艺大师。

她内心再度地动山摇。

这是她上个月刚换的网名，因为她跟辛甜控诉为什么她还找不到男朋友，辛甜说，因为你还不够"绿茶"。

于是她把微信名换成了"茶艺大师"，果然有人主动找她了，找她买茶叶……

但她不清楚，云间宿知不知道背后的含义。

她决定如实承认：这是我梦想成为的样子，之前我叫了半年"富婆"，可惜也没有实现。

云间宿：哈哈。

他居然笑了。

哈哈。

两个字，仿佛有响动，玉石相击，短促清沉，她自动脑补出声音。

蒲桃顺着聊下去，小心发问：你要买茶叶吗？

云间宿回绝得很果断：不了。

蒲桃当即开演：爸爸希望我继承家业，但来到爷爷的茶园度假后，我发现自己对采茶炒茶爱得更深，现实与梦想，我不知道该如何选择，爸爸说，如果你能在卖茶上做出成绩，我就不强迫你继承家里的公司。我的茶叶是目前的市场最低价，如果可以，希望您能帮我圆梦，让我证明自己，哥哥，好不好？

…………

看完这段小作文，程宿笑意更深了。

他甚至真想去问，多少钱。

但他及时止住这种想法。

而此时，他才发现，自己换完拖鞋，就把袋子随手搁玄关后的吧台上，站这儿跟她聊了半天。

程宿摸了下将购物袋嗅得窸窣作响的猫，而后从里面摸出一条妙鲜包，拆封喂给它。

他垂着眼睫,一点点,慢条斯理地挤干净。

油光水滑的短毛猫变得愉悦,使劲蹭他白净的手背。

陪大条玩了会儿,程宿重新拿起手机,那边似乎等不来他的及时回复,又眼巴巴问:您又去忙了吗?

男人敛目,注意到她的个人信息有了变化。

他顿了下,敲了个问号过去。

对面不懂装懂:怎么了?

程宿眉梢微挑:你的头像跟名字,怎么回事。

蒲桃:不可爱吗?

程宿:我能怎么说。

是啊,头像是他的猫,网名照搬猫的名字,他能怎么说,违心地说他家猫不可爱吗?

那边居然还开始委屈:我刷朋友圈看到了这只猫,觉得它长得好可爱,名字也好可爱,就拿来当头像了。既然主人找上门来问责了,我就不用了,对不起。

她秒切为全白头像,连名字都跟着变成空白一片。

蒲桃:这样可以吗?你家猫真的好可爱……我也不知道能用什么了,感觉都没原来的好,干脆当块白板好了。

蒲桃:[难过]。

程宿沉默了。

这一边,蒲桃也跟着焦灼不安起来,是不是她攻势太猛,太死皮赖脸，对方感觉被冒犯了？

漫长的安静之后。

云间宿：用吧，茶艺大师。

在云间宿的微信里成功安家落户后，蒲桃几乎每天都要找他聊天。

有时对方回得很快，有时又半天等不来一句消息，她猜云间宿就是个欲擒故纵的个中高手，每天吊得她七上八下才满足。

快一个礼拜过去。

闲暇时，蒲桃做了张表格，记录了她与云间宿每天的聊天句数。总体而言能过及格线，内容上也还算有来有回，但比较令人郁闷的是，她讲的话是云间宿的三倍，而且每一次都是她主动开嗓。

这反映出一个亟需解决的问题，就是——云间宿对她兴趣不大。

至少他没有哪一回是先来跟她讲话。

蒲桃把这张表格分享给辛甜。

文科生辛甜："啥子嘛？"

蒲桃："这是我跟云间宿近日的聊天统计图。"

辛甜："……"

辛甜仔细看了看:"这不挺好的,你们每天都在聊。"

蒲桃:"一点也不好,他都不主动找我的。"

辛甜:"是你得寸进尺了,你每天缠着他,他都给你回复,这样已经不错了。你才跟他认识几天,就要人家马上要死要活非你不可?"

蒲桃心想辛甜的话也很有道理。

不过她还是决定停一天。

时间就定在今日,周二,晚上八点刚好有云间宿直播。

这个设置相当巧妙,没了私下往来,她可以退而求其次用他的直播当作今日能量,汲取养分,拿来运营下一次对话。

熬完不用绞尽脑汁的白天,当晚,蒲桃戒掉一贯的拖延症,尽早沐浴更衣,拆好酸奶,坐在书桌前等待云间宿开播。

这个语音直播软件可直接与微博关联,所以也没有呈现给观众更多信息。

准八点。

云间宿进入直播间。

看来他是个守时的人。

蒲桃激动得三两口把酸奶盖舔干净,正襟危坐。

左上角的情敌数量在翻倍增长。

她盯了会儿，用拇指盖住，眼不见心不烦。

而左下角的近乎疯癫的告白刷屏是怎么也掩不住的。

有必要吗？不就是个声音吗？

蒲桃舀了一大口酸奶，把勺子含进嘴里，变相地连自己一块儿吐槽。

云间宿没有浪费时间，不一会儿，就开了口："听得到吗？"

【听得到！】

弹幕里的文字尖叫如浪潮。

蒲桃一下子僵住。

云间宿，男版美杜莎，声音具备魔法物理攻击双效果。

她缓慢把勺移出，小心摆回去。这把绝世好嗓音，边吃边听是亵渎，任何动作都会干扰这种聆听意境。

"哦，"他今天声音听起来稍有点清冷，似月光浸染，"听得到就行，今天还是读私信了啊。"

尾音分明是倦懒的、无争的，但语气完全不带商量，讲出口的下一秒就要实行。

这人被惯坏了，反正他无论说什么，粉丝都是"好好好"，瞧眼弹幕里的反应就知道。

"我看一下，"男人似乎被惊到，"哇，这么多吗？"

这个"哇"，居然有一丢丢呆萌效果。

蒲桃不自知露出姨母笑——好可爱。

屏幕左下角是粉丝一水的"求翻牌"。

"嗯……"云间宿沉吟,"等我会儿,一两分钟就好。"

直播间里,暂时性地安静下来,只有男人微沉的、匀稳的呼吸声,几不可闻,千元耳机才能捕捉。

蒲桃禁不住怀疑,这个人是不是每一丝气息都精心算计过,为什么这种司空见惯的轻微响动都这样别致醉人。

突地。

耳机里的男人,轻笑了一声。

从鼻腔中滚出来的一个音节,是情不自禁的低哂。

弹幕瞬间爆炸。

"事先声明,"云间宿语气忽然正经,近乎于播音,"我不是故意骚扰你。"

"是我的耳朵,"他咬字清晰干净,"跟我叫嚣了一天一夜。"

"它说,"他停顿得恰到好处,引人入胜,"它想认识你,如果你愿意,希望你能抽空给它个答复。"

"谢谢你。"

蒲桃:……

她人发傻,一时半刻反应不过来,接连眨眼。

如果她没听岔,是她的微博私信?

粉丝们在热火朝天地刷屏队形：

【啊啊啊啊啊，我的耳朵也说想认识你！】

"倒是礼貌。"云间宿不假思索地说，"不过我还是想问一句，到底是你的耳朵想认识我，还是你想认识我？"

他的语气，掺杂着些微刻意为之的困惑。就是这种刻意为之，最为要人命。

她被公开处刑，行刑者就是这个看似轻描淡写的嗓音。

蒲桃脸红透，羞赧之中难掩窃喜，彻底从一粒葡萄变成红提，不，圣女果。

…………

蒲桃都不知道是怎么过完接下来的二十多分钟的。

她只知道，从云间宿念完她私信并加以点评开始，她整个人就如同身置岩浆渡劫那般煎熬。

一等他下播，她就破功去找他。

她的"非常6+1"计划在实施的第一天就宣告结束，实在是憋不住。

她有话要问，还振振有词：为什么要读我私信？

云间宿的反应在她预想之中：哪条？

装，继续装。

蒲桃：我不信你不知道噗噗噗萄是我。

毕竟他们曾共同出现在一张名单上。

云间宿：不知道。

他的冷漠回应并没有击退她：既然你诚心诚意发问了，那我现在要正式回答你了，你听好，都有。

蒲桃：不管是我的耳朵，还是我，都想认识你。

云间宿静默片刻，问：听我直播了？

蒲桃：嗯，我发现我还是更适合当迷妹。

她酸巴巴道：当你的万千迷妹之一，就不用望眼欲穿巴望着你回消息，不用想方设法找话聊，只要被你念私信示众当你的直播工具人就可以了。

云间宿：我没这个意思。

蒲桃：那你什么意思？

云间宿：读私信是我的直播传统。

蒲桃：我知道，我就是无理取闹，谁让你刚好念到了我的，我就来碰瓷了。反正我已经坐在你车前盖上了，怎么处理你看着办。

云间宿大概是笑了：你能别这么逗吗？

蒲桃认真：我没有。

云间宿：好，麻烦你先下来，我们好好沟通。

蒲桃不依：我不，你先告诉我，我算认识你了吗？

云间宿：怎么不算。

他回好快，阴霾散尽，蒲桃心里一下子是艳阳天，百

花园。

蒲桃用手指掐掐笑肌,试图让它们松弛:怎么证明?

云间宿:还要证明?

蒲桃:对啊。

云间宿问了与她一样的话:怎么证明?

蒲桃:你刚才下播前说晚安了对吧。

云间宿:嗯。

蒲桃:你私底下再跟我说一句晚安,我就信你同意我认识你了。

云间宿:晚安。

蒲桃:不是!

云间宿:[语音]

看,这人坏得要死,明明心知肚明她的需求,还跟她搁这儿欲扬先抑。

蒲桃双手按了下耳机,点开这条语音。

"晚安。"

一秒停顿:

"信了吗?"

天啊。

好认真啊。

与他广播剧里那些男主角无异。

要不是怕隔壁或楼下业主举报,蒲桃绝对要狂跺脚加跑圈。

她下意识地探了下额头,怀疑自己在发烧,病源是云间宿。

蒲桃死抿了下唇,要堵住那些泡腾片溶化一样恣意翻涌的笑意:信了。

她态度一下子弱化一百度,仿佛刚才那个趾高气扬耍赖皮的人根本不是自己:那……我以后每天都可以听到吗?

云间宿:我叫交警了。

蒲桃:别啊。

她适可而止:晚安。

反正,也不急这一天,明天她再想新办法。

I want to know you

第 5 章
喂猫

翌日，蒲桃又起了个大早，准备便当，还花心思摆拍下来。

这个做作习惯已经持续小一阵了，好不容易凑齐九张美图，她一次性发到了朋友圈，仅对云间宿可见。

她开辟出一片荒草地，精心打理，把它变成只对云间宿开放的私人花园，他推开窗就能看见。

可惜的是，盼了一早上，蒲桃都没等来云间宿的动静。

不知是有意无意，她都要走去他窗前一问究竟。

午休时分，她直接给他发消息：吃饭了吗？

云间宿回得不算慢：还没。

蒲桃顺理成章道：我在吃自己的便当。

云间宿：我看见了。

蒲桃失语了一下，想问他不值得留评点赞吗，如此大费周章的九宫格，就只是他沿途一闪而过的平凡风景吗？但她忍了忍，最后只无辜说：啊？看见什么了。

云间宿：看见一颗大蒜。

蒲桃秒懂：……干吗？

云间宿：不适合你。

蒲桃原形毕露：就不能给我留点儿面子吗？

云间宿：有话直说不好吗。

蒲桃：可便当就是我亲手做的啊，不是网络盗图。

云间宿：我知道。

蒲桃心漏跳一拍，因为他忽而认真起来的语气。

当然，这种语气可能只是出自她脑补，对面不过是稀松平常回了句"我知道"。

蒲桃忍不住要贪得无厌了。她搁下筷子，问：那你看完九张图，有没有一丝丝小心动？

云间宿：我存了一张。

他答非所问，清清白白说着暧昧话。

蒲桃胸口骤紧：哪张？

云间宿：有猫头饭团那张。

蒲桃仰头猛蹭两下椅背，好像要削去一些她无法承载的偌大欣喜：是我头像这种猫头吗？

云间宿：大条那种猫头。

哼。

哼哼哼。

蒲桃心头养了窝置气小粉猪，咬牙打字：有区别吗？

云间宿：应该有吧。

故意跟她唱反调是吗？

可她还是笑得合不拢嘴：我看我头像好像更可爱，拍它的人摄影技术一定很好，而且真心喜欢，才能有这种效果。

云间宿：行吧，夸组骨干成员。

蒲桃：过奖。

蒲桃开心地吃掉半只鸡蛋，问：你怎么还不吃饭？

云间宿：朋友约了饭局，在等他。

蒲桃：他。

云间宿：？

蒲桃重复：他。

云间宿：……

蒲桃：为什么不用"它"，好让我抓心挠肝茶不思饭不想。

云间宿：我活在人类世界，不是动物星球。

蒲桃：……

蒲桃：可以发条语音证明一下你的确是人类吗？

她见缝插针的本事令人钦佩。

程宿单手点着桌面，失笑无言。

蒲桃自嘲：我是不是特像那种聊着天然后冷不丁跟女生要自拍的猥琐男？

云间宿：你还知道啊。

蒲桃一本正经：嗯，我的自我认知还是比较清晰准

确的。

蒲桃：我就是图你声音，我知道。

程宿刚要回复，左肩被拍一下，他抬眼，友人已经到场。

"看什么呢，笑成这样。"友人说着话，在他对面落座。

程宿按熄屏幕，仍未敛起唇角："看五岁小孩儿聊天。"

"这么好玩？"友人呷了口茶。

程宿低"嗯"了声。

友人问："没先点菜？"

程宿："等你来啊。"

朋友笑："我以为我来了就能吃上。"

程宿："不是你请客？"

"好……好吧。"友人招呼服务生，让她送来餐单。

趁友人点菜勾画间隙，程宿拿起手机，敛目看了眼微信。里面有一条消息撤回提醒。

程宿勾了下唇，每次他回慢了，回晚了，她就来这招儿，第一次，第二次，他会问发了什么，她的回答相当统一：不用在意，我只是在确认自己没被拉黑删除。

无奈之际，程宿也产生自我怀疑，他很像那种人？

他觉得还是有必要告知一下省得这姑娘又胡思乱想：我吃饭了。

对面秒回：您慢用。

她鬼机灵地着重强调：跟他。

程宿哼笑一声。

笑完就察觉到来自友人的灼灼目光："又在看五岁小孩儿视频？"

程宿把手机倒扣回桌面，没否认："嗯。"

"谁啊，我也去关注一下。"

程宿果断转移话题："雍靖舒呢，怎么没跟你一起？"

友人说："她有事回老家，让我跟你请几天假。"

程宿道："哦，没事，她也跟我说了，这几天我去店里好了。"

服务生端来两碟精致小菜。

程宿道了声谢，问："你们打算什么时候结婚？"

友人皮笑肉不笑，反问："你打算什么时候结婚？"

程宿皱了下眉："我？"

友人："对啊，这么爱看小崽儿，不如早点结婚生子。"

程宿："……"

他淡定给自己斟茶："我还年轻。"

友人讥他："你也五岁啊？"

程宿笑了："也不是不行。"

当晚，蒲桃加班到凌晨才回家，并意外碰到了自己足

不出户阴暗生长的古怪室友。

古怪室友正在厨房泡杯面,头发快长到臀部,盖住整片背脊,末端参差不齐,仿佛从不打理。

只一个照面,女孩儿就匆匆走回自己房间,轰隆带上门,避她如避邪。

对方干瘦苍白如纸片,真怕哪天暴毙都无人问津。

蒲桃莫名忧心,并企盼着退租日期早日来临。

订了份宵夜,蒲桃换好宽松的家居服,靠到床头,百无聊赖地来回划拉着好友列表。

她发现,不知不觉间,云间宿已经成为她工作之余的生活重心。

一下午没敢打扰,她就想他了,好想他,想跟他说话。

而她最擅长的就是顺心而行,她旋即点进置顶,按门铃:你现在方便说话吗?

一分钟后,云间宿:哪种说话。

蒲桃笑了起来,有些小得意,又有点儿同情他,两种情绪交织,让她不由得用手捶床两下,回:你得了蒲桃PTSD(创伤后应激反应)吗?

云间宿:我看是。

蒲桃:我不逼你了。

云间宿:你最好说到做到。

蒲桃：你还在外面吗？

云间宿：回家了。

蒲桃：大条在干吗？

云间宿停了会儿，似乎真去看那只猫在干啥：睡觉。

蒲桃：我也睡觉了。

云间宿：？

蒲桃：晚安。

他没多问：晚安。

过了会儿，蒲桃又说：晚安。

云间宿：不是晚安过了？

蒲桃：这是我跟大条说的晚安，可以帮我转达一下吗？

云间宿：可以。

蒲桃：那大条要不要跟我说声晚安。

云间宿：它已经睡了。

蒲桃：主人可以代劳。

云间宿叹了口气：晚安。

蒲桃：猫会打字吗？

云间宿：又来了是吗？

蒲桃：我要句晚安容易吗？［难过］

云间宿：［语音］

计谋得逞。

蒲桃心满意足地摁开。

结果,是一声,没有感情的,低气压的,极为散漫短促敷衍的——

"喵……"

蒲桃快被可爱炸了,但还是嘴硬:卖萌犯规。

云间宿:猫不光不会打字,也不会讲人话。

蒲桃:可我听不懂啊,这算不算作弊。

更长的语音运送过来。

蒲桃点开,是他彻底没辙的声音:

"晚安,晚安,晚安,满意吗?蒲桃小姐。"

他的口吻,好像一位骑士,又像是无下限纵容她的英俊管家。

蒲桃沉醉其间,又罪恶感满满:我感觉自己在逼良为娼。

云间宿:难道不是?

蒲桃:你可以不理我的。

云间宿:再作?

不知为何,简单两个字,让蒲桃心怦怦直跳,脸倏地就如炸油锅,四肢百骸都过电般激起麻意。

她死抿唇笑着,一字一顿回复:

哦。

不。

敢。

了。

蒲桃把这条语音听了少说三百遍，快笑成傻子，翻来覆去怎么也睡不着。

她已经单方面恋爱了，她确定。

她不太好意思去问云间宿对她的想法，但看他态度，至少应该……不讨厌她吧，不然她这么死乞白赖，他早该把她变成黑名单选手了。

可他没有。

那说明，他也喜欢跟她说话。

一定是这样。

蒲桃开心地在毯子里扭动两下，往朋友圈发了条仅云间宿可见的状态，也是"晚安，晚安，晚安"，三个晚安。

然后拜读名作般，开始细细回味他俩今日的聊天记录，和男人荷尔蒙恰到好处的声音。

终于，困意来袭。

蒲桃刚出聊天框，却意外瞥见"发现"那栏多了个"1"。

她瞌睡虫一下跑光，进去看。

云间宿居然给她那三个晚安点了赞。

蒲桃双眼一下子月牙弯,屁颠颠故地重访,返回原处。

她开门见山:你不睡觉的吗,还在给我点赞。

那边正在输入,又停下,继续输入:省得你又像早上一样来讨伐。

蒲桃:我现在不还是来了?

云间宿:这点是没想到。

蒲桃:你是不是故意的?我都要睡着了,又被这个点赞一榔头敲醒了。

云间宿:我去取消?

蒲桃忙拉住:不准。

云间宿:那怎么办。

蒲桃:你再跟我说会儿话,好不好?

云间宿:你明天不上班?

蒲桃:上,可我这会儿肯定睡不着。

她假惺惺地埋怨:泡仔严重影响我的正常生活。

云间宿:我要说什么,被泡严重影响我的正常生活?

蒲桃:那我立刻暂停,放你去睡觉。

她煞有介事地设置好闹铃,明早八点半,然后截图给他看:暂停到这个点,可以吗?

云间宿:我可能还没醒。

蒲桃:你日子怎么这么安逸。

她回想着这些天来的聊天内容,她上班时,他逛超市、吃饭、在家撸猫,时间似乎全凭他支配。

她不禁问:你是自由职业?

云间宿:算吧。

蒲桃不再细究,往后推迟半小时:九点呢,OK不啦?

他似乎在迟疑:难讲。

蒲桃:为什么一样都在熬夜,你却可以自然醒。

云间宿:人各有命。

蒲桃:……我要气死了。

云间宿:所以你怎么还不去睡觉。

蒲桃:所以你为什么老赶我走,是不是要开下局匹配。

云间宿:匹配什么?

一想到直播间里的那么多情敌,他嗓音惊为天人,身边肯定也不缺女孩子,蒲桃立马成了酸枣:匹配另一条鱼。

云间宿:都几点了。

蒲桃顺势瞄了眼时间:我是鱼吗?

云间宿:我养了猫,还怎么养鱼。

蒲桃被这句话吊高唇角:那我是什么啊?

云间宿:你是什么你自己不知道?

他好坏啊,总把问题推回来给她。

蒲桃笑得眼睛都挤在一起,装傻:大概知道,又好像

不知道。

　　她向来随心，话从不会咽肚里：我这个人比较贪心，很想你只跟我聊天，可如果真的就只跟我聊天，我又想不明白了，会否认自己，为什么是我呢。

　　云间宿的回答与她一致：不知道。

　　蒲桃：啊？

　　云间宿：我这会儿只能告诉你，我也不知道，但跟你聊天的确开心。

　　他没有否定前一段，反而有些真诚地回答了最后那个问题。

　　蒲桃一下子就慌了，将不小心要触到窗户纸的指尖匆忙收回，强装大方道：OK！那我们继续这样茫然又盲目地聊着吧。

　　云间宿：好。

　　蒲桃趁机控诉：既然喜欢跟我聊，那为什么从来不主动找我？

　　云间宿：你想被扣工资吗？

　　蒲桃：上班摸鱼是常态。

　　云间宿：哦，原来我才是那条鱼。

　　蒲桃：不是！你听我解释！

　　云间宿：好了，去睡觉，别迟到。

蒲桃：你呢？

云间宿：我也睡觉。

蒲桃心口软绵绵，长出一朵秋日的絮棉。她再次搬出那张九点钟闹钟截图：这个时间可以吗？

云间宿：应该可以。

蒲桃：那我明天再找你，晚安啦。

云间宿：嗯，晚安。

到底还要说多少次晚安他们才肯去睡觉？

天可能也猜不到。

次日，蒲桃又起了个大早。其实她一夜都没睡好，还梦到了云间宿。

梦里的他是个无脸人，一直站在她身后，偶有一次俯身讲话，温热气息落到她耳后根，比现实都逼真。

蒲桃想不起他说了什么，只记得他身形高挑，影子直直罩下来，好像站在里面就能找到归宿。

蒲桃神采飞扬地刷牙，用冷水拍打脸颊。

有了喜欢的人可真好，每天咖啡钱都省了。

顺利赶上地铁，蒲桃扫了眼时间，还没到八点半，啊……她丧起来，通往 9:00 的分秒真是难熬。

蒲桃坐在靠门的位置，几站匆匆过去，身畔人流如梭，

她满心满眼都扑在手机上,把它牢牢握在手里。

忽地,掌中手机振动一下。

蒲桃立即把它摁亮,是微信提醒,她想也没想冲进去,果然,她的置顶发来了消息。

云间宿:早。

蒲桃笑开来,又突地愣住,嗯?都九点了吗?那她岂不是要迟到?

可等视线真正落到消息时间上。

明明才八点半,上午8:30,整数,刚刚好。

这个人,主动找她,还刻意提前,制造惊喜仿佛他的强项。

蒲桃心头要美飞了,有喜鹊扑棱扑棱喳喳叫,要破口而出跟他打招呼:早啊。

她又忍不住地矫揉造作:好像还没到九点。

云间宿:是吗,我等会儿再来。

蒲桃:不用走,已经过了八点半,四舍五入就是九点,没区别的。

云间宿懒得拆穿她这些小聪明歪道理,相反还有些受用:到公司了?

蒲桃:还在地铁上。

云间宿：吃早饭了吗？

蒲桃：没，准备在楼下买份带上去。

云间宿：打算吃什么。

蒲桃：随便吧，有什么吃什么。

男人发来一个红包，上面两个字，喂猫。

嗯？

嗯嗯？

蒲桃的苹果肌一下子变得存在感极强，争相挤到眼下。

她不接，却心知肚明：发红包干吗？

云间宿：上面写了。

蒲桃：我没养猫。

云间宿：我在蓉城养了只猫。

云间宿：吃早餐很随便。

云间宿：麻烦你帮着照看下。

I want to know you

第6章 你是视觉动物吗

蒲桃盯着那个红包，蜜意肆虐，将她全身心攻下。

她没忙着收下，只说：你得考虑清楚，收下这笔钱，我就是跟你有金钱瓜葛的女人了。

云间宿回：嗯。

蒲桃晕菜，他怎么可以这样，轻描淡写一个字，就把她挑得心花怒放。

可蒲桃还是没敢点下去。

大剌剌地拿走这笔钱，她会心有亏欠，可又怕拂了男神面子，她只能去求助朋友。

辛甜估计已经到公司，电话接得很快，还带着晨起的倦怠："怎么了，这一大早的？"

蒲桃火急火燎："十万火急！问你个问题。"

辛甜："讲。"

蒲桃语速跟豆子似的往外蹦："你喜欢的男生忽然给你发红包让你买早饭怎么办？要不要收？"

辛甜激动起来："谁？云间宿？"她只能想到这位。

蒲桃迟疑："……嗯。"

"你们进展这么快？"

蒲桃面热:"哎哎哎,你先别管这个,我这会儿等着回答呢。"

辛甜一锤定音,格外笃定:"他喜欢你啊。"

蒲桃脸更红了:"真的吗?"

"不然就是'鱼塘管理'。"

蒲桃:"你就当他'鱼塘管理'吧,快告诉我答案!有过恋爱经验的人!"

辛甜咳了两声:"我建议是,收下,之后找个机会还他。"她忍不住八卦,"你怎么做到的?能让'高岭之花'主动给你发钱?"

蒲桃摸了下后颈:"我也不知道。"她纠结于红包问题,不想被带偏,"之后要怎么办?请他吃饭?"

"他给你发照片了吗?"这是辛甜最关心的话题。

蒲桃顿了下:"没。"

"所以你到现在也不知道他长什么样?"

"嗯。"

"他知道你长什么样吗?"

"应该也不知道吧。"

"你们在网恋吗?"

"可能,也许……"蒲桃慢悠悠道,"我想,差不多吧。"

"我……无语!"

辛甜认为有必要友情提醒一下："你们打算长期发展吗？"

蒲桃眨了下眼："我也不知道。"

"你不知道？"

想起云间宿昨晚同样的答复，蒲桃弯唇："对啊，我不知道，我觉得现在就很好，慢慢来吧。"

原来他们一样迷茫，在同一个香气甜稠的秘密花园里摸索潜行。

"慢来你个头啊！"辛甜语气如同盖下一板砖，要把她的粉红水晶球敲碎，"我得想办法让你们见上一面。"

"不要啊。"蒲桃顿时如临大敌，叩首求饶，"那我就要见光死了，就要失去云间宿了。"

辛甜呵笑："你平时照镜子吗？你的长相怎么也不像会见光死的那种好吧。你更应该担心云间宿会不会见光死，他这么神秘，说不定就是因为只有声音拿得出手。"

"不准你说他。"蒲桃下意识地维护。

"我吐了，你的理性细胞死光了吗？"

"好像是吧。"

…………

挂掉辛甜电话，蒲桃走出车厢，她用余光顺着人流朝外走，腾出的所有剩余注意力都归云间宿。

蒲桃：刚到站，忙着下车，这会儿才有工夫收。

她假装只是通勤打岔，绝对没有开挂求助场外观众。

而后领取红包，暗喜到好像收下一个定情信物那样。

里面居然有整两百元……

蒲桃：太多了，以后想办法还你。

云间宿没有直面这话，只说：看路。

蒲桃心一跳，停下脚步，左右望。

她鸡皮疙瘩争先恐后地往外漫，云间宿在她附近装了同步监控吗？

蒲桃：你怎么知道我在走路？

云间宿：你说了刚下车。

蒲桃恍然大悟：喔……

她打字：我走路看路，你开车也要看路。

云间宿：好。

他好听话。

怎么办。

救命。

真的好像已经谈恋爱了啊。

蒲桃都想拍拍脑门儿看看自己是不是还在梦里，不然周遭万物怎么都这么虚幻，有少女滤镜，迷蒙柔光。

来到公司，在工位坐好，蒲桃开始啃手里的牛角包——

用云间宿的红包买的。

她爱惜地细嚼慢咽,其间会不自觉分神,想起早晨辛甜跟她说的那番话。

她梳理着与云间宿聊天期间的那些细枝末节,发现当中关键词还不少。

自由职业。

有车。

有猫。

有不错的单反。

红包一发就两百元。

他主业难道是摄影师?

网络是方便造假,可举手投足字里行间的气质是无法凭空堆叠、虚假构建的。

思及此,她拿起手机,翻开相册,找出自己曾画的那幅人设图。

里面只有男主角一个人,陆柏舟。那就是她脑补的他。

可画终究是画。

蒲桃皱了下眉,决定不再游思妄想,把握当下才最重要。

反正……横竖……他们一时半会儿也见不上面,她还可以再肆无忌惮多嚣张一下。

程宿到店的时候,门边已排了不少人。

今天有个小众作家的签售会,书粉一早就来抢位等待。

他锁好车,信步往里走。

本打算是绕路而行的,但男人的身高在当地较为少见,莫名有些施压,拥挤的"小鱼"们迅速游开,自动为他让道。

程宿颔首道了声谢。

等他走过,女孩儿们纷纷窃语,讨论起他的长相。

前台有个男孩儿正在调配咖啡,一见他来,搁下手中的拉花杯:"舒姐跟我说你今天会来,我还不信,结果真来了啊。"

程宿笑了下:"怎么,我不能来吗?"

"能——怎么不能——"

程宿在高脚凳坐下,两腿瘦长。

男孩儿简单给他调了杯美式,推到他跟前。

刚要端起来,程宿手机振动了一下。

他按开,是蒲桃发来的消息。

她拍下了今天的早点面包、花销小票,另附郑重其事的记账APP界面,有支出有余额,条目清晰。

她说:喂完了。

又说:猫很饱。

再接一句:夸你好。

末了卖萌：喵喵喵。

还补充说明：第一句的"了"请发"liǎo"，要押韵。

程宿低笑，又轻不可闻地叹了口气。

男孩儿上身后靠，惊出双下巴："哥，你在笑什么，好瘆人。"他眉头紧拧，"难道是耍朋友了？"

"干好你的活儿。"

程宿正颜厉色，抿了口咖啡，旋即敛目，又将这个十二字工整对仗念起来类似童谣的"彩虹屁"重温一遍。还是忍不住扬唇，刚才刻意为之的不苟言笑屁用没有，纯粹多此一举。再抬眼，依旧是员工嫌弃的、疑惑万分的、匪夷所思的脸。

"看什么？"他凶。

男孩儿匆忙收回视线，低头拉花。

程宿看了他一会儿，叫他："小丛。"

男孩儿扬脸："嗯？"

程宿沉默两秒，问："你会对根本没见过的女生有好感吗？"

男孩儿又是一脸被震惊到，脱口而出："哈？"他想了想，摇头，"应该不会，人都是视觉动物你知道吧。"

程宿笑了。

那他算什么？

感觉动物?

晚上，回到家，逗了会儿家里的猫，程宿打开微信，想再看看他"寄养"在异地的猫，一整天没说话，总归放心不下。

与此同时，蒲桃还在公司加班，她快被图弄得眼花缭乱、神志不清。

她要去找寻她的兴奋剂，补充能量。

蒲桃拿起手机，点开微信，打字，刚发出，就是一怔。

云间宿：下班了吗？

蒲桃：回家了吗？

他们一前一后，几乎是不约而同给对方消息，连内容都相差无几。

这一刻，笑意远隔重山，也默契神会。

蒲桃抢答：没有。

对面忽然发问：你是视觉动物吗？

蒲桃一下子精神大振，警铃作响，云间宿突地抛出这句话是几个意思？没头没尾。

她不禁联想到辛甜早上故意打压她积极性的说辞，不知男人意欲何为，她有点害怕，只能装呆作傻。

蒲桃：啊？

云间宿似乎以为她没懂：不明白？

云间宿：那换个方式。

他问得异常直接：想象过我吗？

蒲桃的脸顷刻间变得通红，她的语言功能忽然失灵，如同卡壳的机器。

她只能僵硬回复：我在上班。

对面停了一会儿：你想什么呢。

蒲桃摸摸面颊，急忙否认：我什么都没想。

哪里是什么都没想，分明早就浮想联翩，想入非非，非分之想，痴心妄想。

云间宿也许在笑：你以为我想干什么。

蒲桃脑袋里轰了一下：没，没有！无论你想干什么或者我想干什么，我都还在上班。

云间宿仍慢条斯理：我只是好奇，你有想过我长什么样吗？

蒲桃也学会了他擅长的来回推拉聊天模式，甚至于还有青出于蓝的趋势：那你呢，你想象过我的样子吗？

她敲下这段话时，整个人都梗起了脖子，因为底气全无，只能依靠肢体强撑。

云间宿答得飞快：没有。

蒲桃：没有？

云间宿：但现在开始想了。

云间宿：因为你提醒我了。

蒲桃：……

她心猛跳起来，剧烈得令她窒息。

她体内的逃避因子开始发挥效力：还是别想了。

她习惯性后退：我可能跟你想象的不太一样。

云间宿"嗯"了下：你知道我想的什么样？

蒲桃不甚自信：反正不一样。

云间宿说：我白天听到一个说法，说人都是视觉动物。

蒲桃生怕他提出见面邀请，忙不迭否定：我不是，我是听觉动物。

云间宿问：你的意思是，只听到声音就行？

蒲桃感觉自己走在送命的路上，可她真的开始惶恐了：暂时是这样。

她是说，如果让她和云间宿面对面说话，她肯定就是个怂包，半个字都吐不出口，绝不会像网络上这么应付自如，舌灿莲花。

那边忽然安静了。

蒲桃惴惴不安起来。

过了会儿，男人终于来了消息，打消她的猜疑。

他说:你几点下班?

蒲桃长吁一口气,瞥了瞥显示器右下角的时间:估计要九点。

他又问:什么时候方便?

蒲桃说:十点半吧。

蒲桃如猎物般警惕:要做什么?

云间宿不假思索:可以语音吗,或者给我你的手机号。

蒲桃心脏一下子被攥紧,呼吸都不畅。

不要啊。

她差点儿捶桌,她的声音很不好听,所以她不敢也不愿这么快暴露自己。

她担心,云间宿一听见她说话,就幻想破灭,真的再也不理她。

嗓音好听的人,应该也会喜欢嗓音好听的人吧,就像牙医也会找个有着完美口腔的另一半一样。

蒲桃没有回复。

她早该猜到会有这一天,要原形毕露,要全盘托出,要被撕掉伪装。

可是这一天,可不可以来得晚一点啊。

蒲桃欲哭无泪,端着手机,好像握着一块烙铁,把她心尖都烫伤了。

之后，蒲桃做了一件自己最讨厌的事，就是装死，逃避问题，技术性人间蒸发。

回家路上，她七上八下，心被吊到万里高空，随时能摔个稀巴烂。

云间宿也没有再找她。

回到公寓，蒲桃没吃东西，洗漱完就陷进床褥，盯着天花板发傻。

她莫名觉得，自己这段还没正式开启的网恋就已经宣布夭折了。

心好痛哦。

蒲桃抽了下鼻子，这一天，太大起大落，白日入云端，深夜进泥潭。

她要是有那种明快甜美的少女音就好了。

蒲桃暗自伤神着，握起手机，盯着对话再也没有多起来的聊天框，想做点什么来挽回，可又不知道如何恰当。

她打开淘宝，开始搜变声器。

显示结果倒是不少。

她忍不住讥讽自己，蒲桃，你，一个女的，想用变声器，要把人笑死吗？

看了一圈买家评价，她落寞又头大。

她痛心疾首地坐起身，又溜回微信。

踟蹰了好一会儿，她一下一下敲字，低微发问：你睡了吗？

看到男人回复时，她心直抽搐。

他说：没有。

尽管这两个字，在她的脑补里，好像敲碎两块冰，冷飕飕刮过她脸颊。

她觉得他好像在生气。

但愿只是她多想。

蒲桃抿了下唇：那个……可以问你一个问题吗？

自卑情绪来得无缘无故，却又在意料之内：你是听觉动物吗？

云间宿：不是。

蒲桃心口敞亮了些：不是？

云间宿：嗯。

蒲桃：那为什么要跟我语音打电话？

云间宿：……

他的省略号令人费解。

云间宿要被气笑：你是啊。

原来是因为她。蒲桃却快哭出来了，起伏难定的心潮折磨她到现在：语音的话，我可以不说话吗？

云间宿：说说原因。

蒲桃不打算再回避：坦白告诉你，我刚才在搜变声器……很好笑吧，因为我觉得我的声音不好听，怕你失望。

她认真而坦诚：我听了你所有广播剧，跟你配戏的女主角都很可爱，声音也很好听，而我不是。

程宿完全失语。

从看到"变声器"三个字开始，他就在笑，本来她的无故失踪让他生出了一些无措与恼意，但此时此刻，这些都一扫而尽，荡然无存。

他之前也对自己的喜好一无所知。

但现在不一样了，这一秒，这个夜晚，他终于豁然开朗。

他果然是个感觉动物。

估计是没及时得到回复，对面又小心发问，好像轻扯他袖口一下：……你还在吗？

程宿拇指在屏幕上停了停，随即坚定按下语音通话。

手机突然唱起来，蒲桃被吓到差点将它撒手掷远。

好不容易稳住自己，蒲桃颤颤巍巍接听。

她紧张到屏息，生怕对方听出一点不可爱端倪。

她也只能听到他呼吸，和直播里的又有了些区别，更真实，也更贴近，如在耳畔。

憋得不行了，肺活量告急，蒲桃把手机拿远，大口喘气。

云间宿突然开口:"你可以不说话。"

蒲桃下意识地捂嘴。

好好听。

无论听几次,都想为这种人间瑰宝高唱赞歌,登报表彰。

手掌之后的唇线,挑起大大弧度。

蒲桃心跳加速,她急需氧气瓶。

或许是见她这头儿悄然无声,他有了笑意,严肃尽退。

不知是对音色的把控炉火纯青,还是真放松了下来,再开口时,云间宿的声音里多了种慵懒与散漫,可仍保留着那种致命的命令感:"打字。真要听我单口相声啊。"

蒲桃立刻最小化窗口,轻戳键盘:在听。

她在听,并心梗到可以就地死去,宇宙大爆炸,耳膜里放烟花。

忽而一阵沉默。

云间宿好像也在尴尬:"我都不知道说什么了。"

蒲桃听得如痴如醉,晕晕乎乎打字:都可以。

她都喜欢。

她现在的样子,好像个猥琐的小贼,偷偷把天神的光辉往兜里捞藏。

他微微叹了口气:"还是挂了。"

蒲桃哀求:不要,求您。

云间宿终究断开了通话。

这算什么？

浅尝辄止？

蒲桃不满足，问他：就挂啦？

云间宿：嗯，不知道讲什么。

蒲桃犯嘀咕：你直播时不是挺巧舌如簧的？

云间宿：还要求起我来了？

蒲桃立马投降：不敢不敢，小的不敢。

蒲桃趁机得寸进尺：要是你没挂的话，我可能会希望你讲那句话。

云间宿：哪句？

蒲桃：就那句，催女主角睡觉的，我的白月光，你还记得吗？

云间宿：哦，记得。

他反应平平。蒲桃也不勉强，如往常那般随便聊了半个钟头，白天的困扰与误会也在这段闲侃中消散殆尽。

互道完晚安，蒲桃以为自己终于能静下心睡觉了。

可她还是辗转反侧睡不着。

泡仔果然严重影响她的生活，她索性重新拿起手机，刷起微博来。

她点进云间宿的微博，还是干干净净不掺杂无关信息

的主页。

想了想,她开始给他每条微博都点赞,还越点越精神,完全停不下来。

等赞完最后一条,退回自己主页,蒲桃才注意到下方消息栏多出一个提醒:

云间宿:〔语音〕

蒲桃提气,心微微颤动,点进去。

她笑容又开始放大,完全不能自抑。

她屏气摁开。

呜,她梦寐以求的声音,梦寐以求的台词:

"怎么还不睡觉?明天我可不叫你了。"

结尾处自己还笑场,伴愠道:

"还点赞呢,睡觉!"

要狂砸抱枕才能纾解心头激动,蒲桃故作淡定,贼喊捉贼:你不也没睡,还视奸我。

云间宿顺势在私信里聊起来:你的赞吵到我了。

蒲桃:哦哦哦。

她就是得志小人,善于顺杆子往上爬:那你明天还叫我吗?

云间宿发来一张闹铃截图:八点?

蒲桃咧唇,按捺不住地笑:还要更早一点。

云间宿:七点半?

蒲桃:你不是不用早起的吗?

云间宿好像拿她没办法:可能人各有命吧。

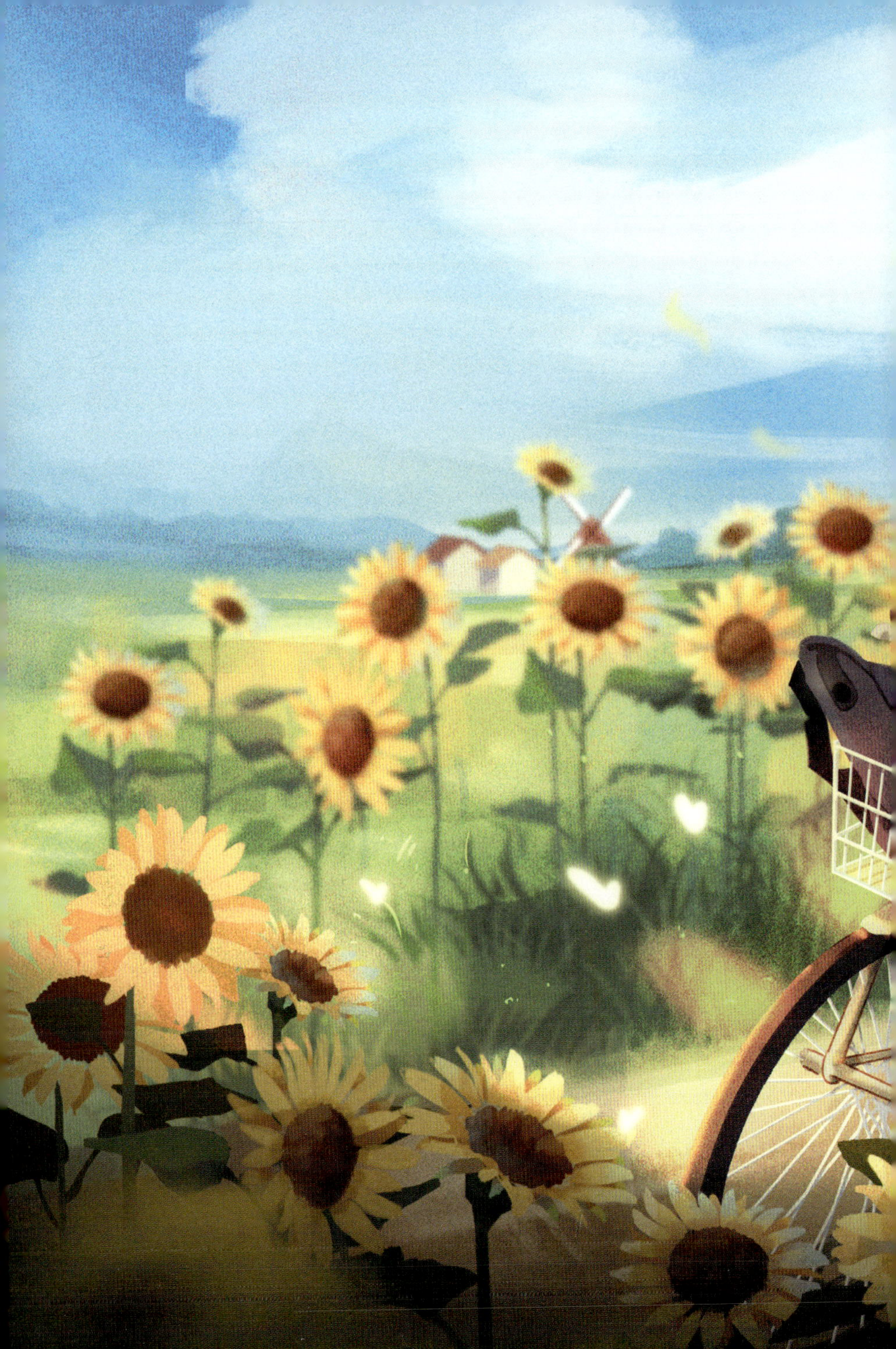

Know you

第 7 章
他为什么这么好看

第二天，蒲桃果然接到了云间宿的叫醒电话。

昨晚睡前，他们互换了手机号码。

蒲桃依旧紧闭牙关不松口，反复强调：我只接电话不说话。

程宿一时半会儿拿不出法子治她，就随意应下。

于是，这个早晨，他音色如一杯琼浆倾头浇下："醒了？"

原本还睡眼惺忪的蒲桃瞬间清醒，支支吾吾几秒，用鼻子挤出一个音节："嗯。"

"别又睡着了。"

"嗯。"

"坐起来。"

窸窸窣窣。

"嗯。"

"你是嗯嗯怪？"

"嗯。"

"呵。"他哂笑一声。

蒲桃心跟着猛摁一下，耳根急剧烫起来，好像被这个笑声烙到一样。

云间宿还是笑:"真不准备跟我说话?"

蒲桃左右为难,最后拧了下眉,捏紧鼻头,发出古里古怪的声音:"这样可以吗……"

云间宿沉静片刻:"手放下。"

蒲桃在这边高频摆头,因此带出一些近乎撒娇的颤音:"我不——"

"行。"他不逼她。

"我真的起床啦。"蒲桃继续瓮声瓮气。

"嗯。"

蒲桃问:"你呢?"

云间宿:"等你起床了接着睡。"

"上班狗"忍不住控诉:"有你这样的吗?"

云间宿:"我只负责叫醒,不管后续跟进。"

蒲桃学他说话,免不了咬牙:"行!"

…………

程宿当然没有睡回笼觉,挂断电话,往大条食盆里添了些猫粮,他就下楼晨跑。

樟树成荫,天地皆明,他在叶隙碎光里穿行,成套的灰色运动衫将男人身形衬得极为修长。

脑子里还回荡着女孩儿刚刚故意捏着鼻子发出的,机器人瓦力一样的声音,极具魔性,听之难忘。

想想还是忍俊不禁。

昨晚他有了意外收获，就是一个确切的喜好，即便还没有具体形象。

但他已经肯定了。

他喜欢这种随机，喜欢这种未知的旨意。他走过一片桃林，一朵花落在了他肩膀上，他将其取下，发现它有着值得驻足的形状。

这种发现振奋人心。

程宿直接跑去了自己书店，而店刚好开门，丛山错愕地盯着他。

"喝什么？"男孩儿进门，走去吧台后边，熟练地运调起咖啡机。

程宿跟过去，坐下："还是美式。"

丛山扬眸："你吃早餐了吗？"

程宿："在家吃了点儿。"

丛山还是不解："怎么这么早？"

程宿回："家里猫醒得早。"说完自己也怔了下。

他可不是故意模棱两可，大条是醒得早。

不过，他现在有的不止一只猫。

丛山磨着咖啡豆："你恋爱了吧。"

程宿抬眼："怎么看出来的？"

丛山分析道:"你跟我讲了不到十句话,已经看手机三回了。以前不会这样。"

连丛山都发现了。

那就不是他当局者迷。

程宿道:"你就当是吧。"

这回轮到丛山震惊了:"有照片吗?"

"没有。"

"没有?"

丛山隐约想起上次的交谈,一个猜想变得清晰:"你在网恋?"

程宿眉梢微挑:"这么明显?"

"哥!"丛山痛心疾首,"你条件这么优越一人,身边莺燕千千万,怎么选了最不靠谱的求偶方式啊。"

"也许就因为不靠谱。"

他话里暗藏玄机,丛山完全不能领悟:"哥,你还年轻,涉世未深,网恋随便聊聊就行,别真把自己栽进去。"

程宿撑了下头,蹙眉:"以前也没听你说过我年轻。"

"才二十六岁啊,哪里老了。"丛山要好奇死了,"那女人什么样,给我描述下。"

程宿想了下:"难以形容。"

"也太抽象了,一听就像是那种会骗财骗色骗感情的。"

程宿不再搭腔，自己捋起思路来。

骗财？

是骗走了两百块。

骗感情？

嗯，有这个趋势。

骗色？

就她那尿样，通个电话大气都不敢出。就算他想见面，短时间内也找不到机会。

然而，没过几天，程宿意外收到一封邮件，是之前曾参与配音的一款网游发来的邀请函，内容简明扼要，说蓉城漫展开办在即，他们的游戏舞台将会举办一场小型CV见面会，并询问他方便与否，由衷地希望他能到场参加。

活动本身程宿兴趣不大，唯独"蓉城"二字有些吸引力。

以往这些展会邀请，程宿都会婉拒，但今天不一样了，他陷入两难。

半个小时后，程宿考虑清楚，给朋友打了个电话，嘱托对方过阵子来帮他喂两天猫，他要出差一趟。

漫展官宣当日，程宿转发了艾特他的相关微博，仅三个字——蓉城见。

粉丝们惊喜若狂，有人长吁短叹恨自己不是川省人，而当地迷妹们都在评论里激动道贺，相约前往。

这是云间宿头一回在三次元亮相，届时不在现场绝对是命中意难平一场。

至于蒲桃，她自然也第一时间就收到这条推送。

她眼都直了，整个人惶惶靠到椅背上。

为什么为什么为什么？

为什么偏偏是现在？

为什么偏偏是蓉城？

为什么偏偏在这个节骨眼儿上，她与他正相处融洽，哪怕隔着层纱。

她有许多问号。

惊惑难定地度过一上午，蒲桃决定继续将装死作风发扬光大，云间宿不主动提，她也绝对不会多话。

挨到午休，云间宿都没来找她，蒲桃这才松了一口气。

也许他只是突然想参加活动了呢。

她如是安慰自己。

可，即使刻意回避，也还是有冤大头找上门来。

这个人就是辛甜。

辛甜所在的声息工作室，是这次漫展的参展社团，作为本地成员，辛甜主动请缨参与布展相关事宜。

而此次活动早在社团策划之中，已经如火如荼地筹备了好一阵。

今天大群里的人都在讨论云间宿将要露面一事,辛甜震惊到马上来与友人分享。

她直接复制群里截图发过来:看到了吗!惊爆!云间宿破天荒要来蓉城!

蒲桃喃喃:看到了……

辛甜:他以前从不参加这种活动的,难道是假公济私要跟你见面?

蒲桃:我怎么知道。

心律过速了几个小时,所有令她难安的念头都指向一个终点站,她无法绕行,只能装腔。

辛甜挖苦:都到这时候了还瞒着我。

蒲桃扶额:没有,我现在也很恐慌。

辛甜半信半疑:真没骗我?

蒲桃给辛甜发了个下跪表情:绝对没有。

她大脑空白:我现在都不知道怎么办?

辛甜问:他没跟你说?

蒲桃:他到现在都没说。

辛甜:???

辛甜:我三号要去参展,你要不要一起来,顺便看看他本人长什么样。

蒲桃内心是拒绝的:不了吧。

辛甜：你不好奇吗？

这句话很诱人，蒲桃沉默了会儿，如实承认：怎么会不好奇，可我不敢去。

辛甜：就看一下怎么了，你们视频过吗，发过自拍吗？

蒲桃：……没有。

辛甜：这么久你们都在干吗？

蒲桃：就聊天。

辛甜：也就是说，到目前为止，就算你们面对面站着，你认不出他，他也认不出你？

蒲桃顿了下：可以这么说。

辛甜无言以对。

蒲桃补充：如果他开口讲话，我应该可以认出来，但他肯定认不出我。

辛甜有了新思路：那你怕什么，反正他也认不出你，三号你过来帮我一块儿布展，然后远远瞄一眼，看看他符不符合你的审美，如果真跟声音成反比，你也好及时悬崖勒马。

蒲桃蠢蠢欲动：这样也可以？

辛甜：当然可以。

蒲桃：我考虑下。

辛甜：考虑你个头，说好了啊。

蒲桃半推半就：好吧……

不好奇他本尊是假，所有恐惧畏缩多半源于她爱慕之下的自卑心理，与他无关。

这些她都清楚。

回家路上，蒲桃神思沉浮，这件事快将她脑子塞炸。

她在想，要不要去跟云间宿提一嘴，表示她已经留意到。

但转念一想，一天下来，云间宿都未提及，说明他并无见面计划，可能真就只是单纯想参加活动。

墨菲定律的存在总有些道理。

蒲桃万万没想到，她前脚刚进家门，后脚就收到云间宿的微信。

她忐忑不安地打开，是男人直扎眼底加心窝的问话。

云间宿：三号过来吗？

蒲桃心卡在嗓子眼儿，人僵化，不知如何作答。

她装傻充愣，慢吞吞地敲字：不知道那天要不要上班。

云间宿：那天周日。

蒲桃：啊？是吗？

云间宿懒得拆穿：嗯。

是福不是祸，是祸躲不过。破罐破摔，死就死了。

蒲桃硬着头皮问：是要见面吗？

云间宿：愿意吗？

蒲桃缄默着，没有回复，心口发紧，紧到她鼻酸。

不是不愿意，是怕他扫兴，因为她的表里不一，精分人格，粗声粗气，战战兢兢，脱去网络的美化伪装，她就是个迟钝笨重的沙袋，最擅长在角落里瘫着，不露声色。

那边沉默片刻，替她回答。

云间宿：来展会。

云间宿：我会上台，看过我之后，你再做决定。

蒲桃没想到，云间宿会把选择权完全交给自己。

再推托未免太显矫情，她讷讷应下。

装没事人一样过了一星期，周六下午，蒲桃提早下了班，回到公寓，瘫倒在床。

明天就是同人祭了。

这一刻，紧张感忽如气球饱胀，顷刻能将她撑散。

蒲桃心跳如雷，挺坐起身体，摸到手机。

微信里，辛甜发来了到场时间和地址，蓉城博览城，早七点，因为要去布置他们的展区。

蒲桃忐忑到胃痉挛，给辛甜回消息：怎么办，我要紧张死了。

辛甜：别紧张，不就看一眼的事儿。

蒲桃：呜呜呜呜呜呜呜呜啊啊啊啊啊啊啊啊，真的紧张到呕啊。

　　她无语伦次，只能打一些毫无意义的语气词来纾解情绪。

　　辛甜安抚：你不如去找点儿事做，比如敷个面膜，洗个头，挑件好衣服，晚上早点睡，明天以最好状态去看他。

　　对哦，蒲桃被点醒，拍拍脸，打起精神，下床翻起衣柜。

　　然而，蒲桃并不能好好睡。

　　大战在即，不失眠能休息的都是最强勇士。

　　云间宿或许猜到了她的不安，今夜也没有跟她多提"面基"一事，只说CV见面会在十点半，她不用太早起床。

　　蒲桃瞒着自己要提前过去帮朋友布置的事。

　　男人跟以往一样道晚安，用来结束今日闲聊。

　　可蒲桃却如身处密罐般窒息慌乱。

　　这种慌乱窒息感一直持续到她早上醒来。

　　化了个妆，蒲桃艰难地黏上假睫毛，可怎么看怎么怪异，最后还是扯掉。

　　本打算穿的连衣裙也遭遇滑铁卢，上身后，她努力与它在镜子前磨合五分钟，仍不合眼缘，最后只能脱下，换上相对日常的穿搭出门。

　　打车到目的地时，辛甜已经在一号门等她。

　　辛甜给蒲桃一个可以自由出入的工作牌，蒲桃一边戴上，一边跟上她的步伐，焦虑难安道："我是不是打扮得很敷衍？"

辛甜停步回头："有吗？"

蒲桃蹙眉："跟平时没差。"

辛甜多打量她两眼："我完全看不出来，可能因为你长得不敷衍，所以穿什么也无所谓。"

"谢谢你的安慰。"蒲桃无力道。

辛甜强调："我在说实话。"

到达声息工作室的展区后，这边已经有好几个人在忙，有男有女，都很年轻，其中一位还是个lo娘（网络流行词，是指把"lolita洛丽塔"服饰当成日常服来穿的姑娘）。

对方最先注意到她们，冲她们招了下手。

"锦心！"辛甜喊，"我们的帮工又来了。"

那个lo娘粲然一笑，往摊位摆放着可爱的Q版钥匙圈："可算盼来了，我快累死了。"她声音清甜得像是打翻了青椰水，能在空气里留下淡香味。

蒲桃愣了一下，女生音色格外熟悉，名字也似曾相识。

辛甜给出答案："她是给《钟情》女主角配音的，你还有印象吗？"

"噢，是她啊。"蒲桃反应过来。

辛甜拉着蒲桃走过去："她也是从山城过来的，昨天下午到的。"

锦心扬脸："也？还有谁？"

蒲桃突地就脸红了。

辛甜圆场："云间宿啊，你没跟他联系？今天估计有不少粉丝奔着他来的。"

锦心"哦"了声："有问，但不是同班车，他应该是晚上到的。"

蒲桃心漏跳半拍，他昨天就已经在蓉城了吗？怎么完全没跟她讲？

是怕她紧张到彻夜难眠吗……她忍不住多想。

见蒲桃走神，辛甜把她拉到一旁："就这个妹子，跟云间宿私底下关系不错，我是从她那儿套来的云间宿还是单身的消息。"

蒲桃心头发苦，羡慕喃喃："她声音好好听……"人也好可爱。

"收起你那副丧脸，她前年就结婚了，别给自己增加假想情敌了。"

蒲桃："啊？完全看不出来。"

"她二十九岁了。"辛甜留意到她瞬息万变的神色，"有必要吗？唇角快翘上天，你在表演川剧变脸？"

蒲桃撇了下嘴，偏开头，不做辩解。

辛甜哼一声,抱来一只纸箱,吩咐道:"像他们那样在摊位上摆好就行了。"

蒲桃接过,点了下头:"好。"

她敛目,开始排列那些精致的徽章。

但全身心投入摆摊也不能缓解她一丝一毫的焦灼感。

云间宿现在在干吗?

怎么办?

她每一秒都会想到他。

思及此,蒲桃取出手机,刚要垂眸看一眼微信。

辛甜忽然高喊:"蒲桃!挪个地儿!"

蒲桃忙把手机揣回去,掀眸找辛甜。

辛甜正搬着一个等身立牌,说:"这个放你站的位置,你稍微让一下。"

"好,给我吧。"蒲桃接过去,仔细稳好后回头问,"这样行吗?"

辛甜竖起大拇指。

蒲桃笑起来。

九点整,日光明烈,准时开馆。

人流鱼贯而入,一下将漫展会场灌满。

辛甜戴上定制头箍,开始发工作室的宣传小册。

她们准备得当,展区布置得很用心,因而也很吸睛,驻足的游客跟 coser 不在少数。

蒲桃第一次来这种地方,有些乱花渐欲迷人眼的懵懂与新奇。

二次元氛围绚烂而独特,她沉迷其中,主动取出手机,对内存不管不顾地拍下大量短视频。

直到,辛甜扯她一把,低声提醒:"快十点了,你可以去《启程2》的展区占位置了!你男人要登台了!"

蒲桃一下子被拉回现实,那种心跳急到卡喉的密闭感再次来袭。

蒲桃攥紧辛甜小臂,央求:"陪我。"

辛甜知道蒲桃性情,虽嫌弃,但还是答应:"知道了,陪——你。"

毕竟她也好奇云间宿本尊如何。

两人赶往目标地点。

蒲桃已分不清是自己心跳更急,还是脚步更急。

远远就能望见《启程2》的展区,排场很大,布置相当豪华,其他展区在其衬托下,只能算参天古木脚边不起眼的小野花。

展区内看客攒头,人声鼎沸。

一是因为 CV 见面会开场在即,二是因为游戏本身就有着相当庞大的玩家群体。

辛甜是参展老人了，对这边轻车熟路，领着蒲桃绕道去视野较好的位置。

蒲桃心怦怦直跳，呼吸都变得紧促。

两人终于停下。

台上是身穿游戏角色服饰的萌妹们在群舞，宅男们兴奋挥手，和着节奏伴唱。

辛甜突然撇开蒲桃的手："你至于吗，手心全是汗。"

后者吞吞吐吐，搓了搓，掩饰着灼热的慌张："热……热的啊。"

等跳舞的女孩儿们下去，主持人上台故作玄虚地宣布，CV见面会马上就要开始。

话音刚落，台下女声尖叫完全盖过宅男。

蒲桃听见人群中有女生在高喊"云间宿"的名字，声嘶力竭，几乎破音。

她耳膜发痒，心更是难耐，有千百个小爪在抓挠。

她交握着手，指节互绞，难以镇定。

主持人退场。

大荧幕上，开始播放年初出圈的那个堪比西幻大片的游戏CG视频，里面邀请了许多知名CV为角色配音，卡司（cast的中文音译，演员阵容的意思）极强。

开场是奶甜奶甜的萝莉音。

大屏上，一个身披叶衫手执法杖的矮个子"萝莉"滚倒在草野上，花瓣飞溅。

与此同时，一个女人拿着麦克风从幕布后走出，她身形高挑，凤眼上挑，与这音色极有反差。

台下叫声起伏。

辛甜也激动起来："啊啊啊，是月见女神！这声音绝了！我恋爱了！"

…………

伴随着一个接一个 CV 出场，耳畔齐啸一波高过一波。

蒲桃捏紧了手，她提前预习过这个视频。

云间宿在里面为一位祭祀配音，是同样使用法杖的优雅长衫男性。

如果她没记错，就是下一个。

包裹过来的整齐呐喊声证实了她的猜想，女生们都扯着嗓子疯狂嘶喊："云间宿！云间宿！"

"要出来了，注意看啊！"辛甜猛拍蒲桃的胳膊，在她的仓乱上添砖盖瓦。

蒲桃人已至沸点，意识都跟着凌乱散架。

未见其人，先闻其声。

男人的声音，被麦克风扩大，多了些穿透性、空灵感，在燥热的场馆里布下一片清凉绿荫。

台下躁动的"小动物"们瞬间就安分下来，这就是云间宿的魔力。

是他。

每一个夜晚，每一个清晨，都会出现在她枕畔的声音。

而这个声音，就快有实体。

蒲桃心率忽地快到站不直身体。

她猛低下脑袋，完全不敢再看。

粉丝们的尖叫再度弥漫开来，能将她淹没殆尽。

蒲桃立于其间，近乎溺毙。

她听见辛甜"哇唔"的惊叹，再难按捺，下意识地仰起脸来。

下一刻，她的世界，声潮尽退，唯剩怦然。

蒲桃控制不住地热泪盈眶，天啊，他为什么这么好看。

Know you

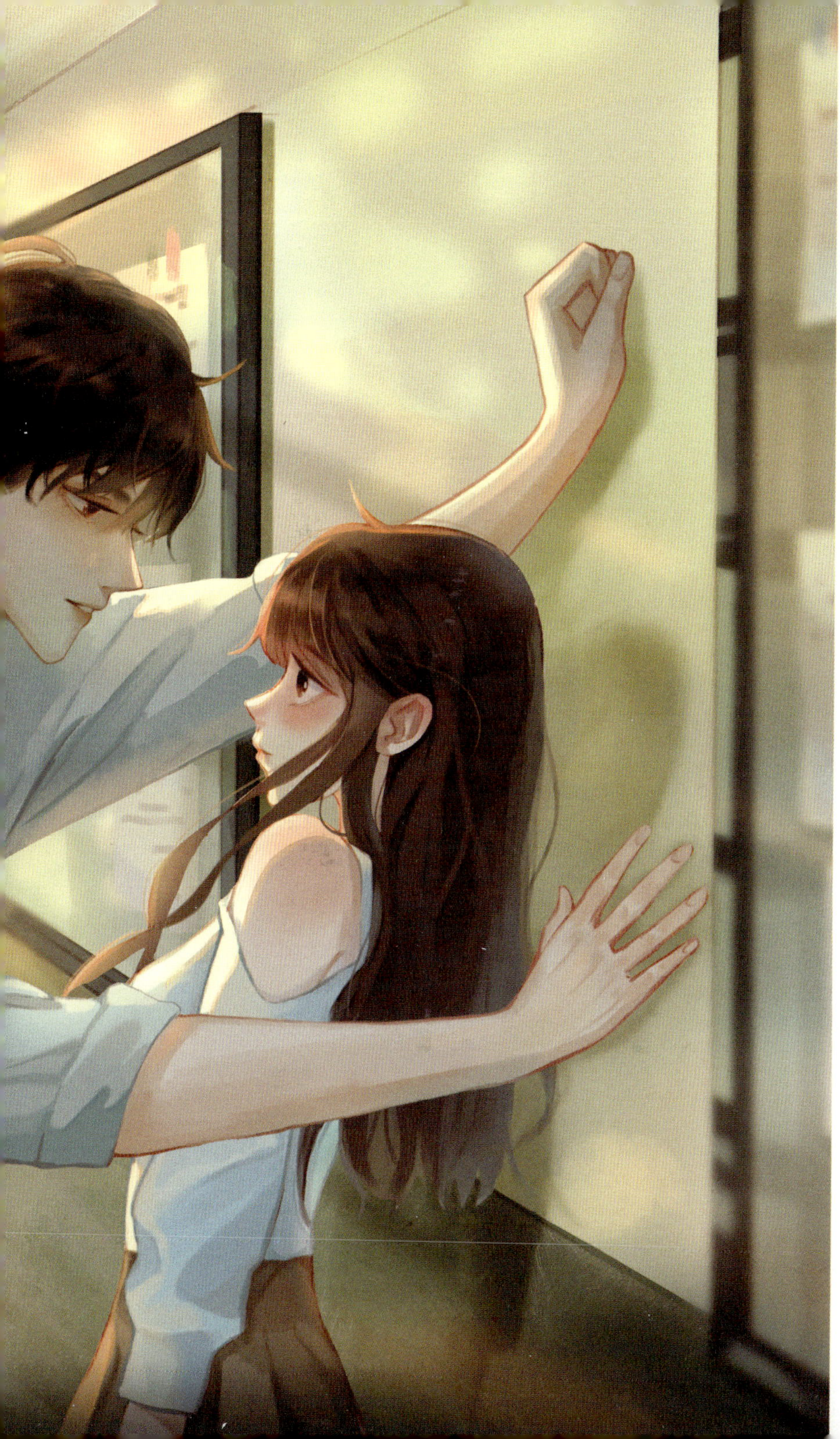

第8章 我叫程宿

出生迄今，蒲桃的择偶观是完全模糊的，即便是影视作品里那些外形卓绝的男星，她也不会为之癫狂，对他们产生幻想，最多只是跟着朋友一起花痴尖叫。不过这些尖叫都流于虚表，很淡很浅，像孑孓浮过水面，是可以一滑而过的网页。

但此时此刻，她心底有了具体的形象。

这种感受很奇妙，她一瞬间理解了《大明宫词》里的小太平。

男人卸去面具，她的宇宙不再缥缈无涯，忽而变得清晰狭窄，只有一颗星的辉光。

这颗星就是台上的云间宿。

他穿得很简单，却完全令人移不开目光。

蒲桃对周遭那些夸张反应感同身受。

谁能想象到他竟然这么好看。

看到这种长相，你一点都不会意外他能拥有这种声音。

或者说，听见这种声音，你会发现他的长相也完全相匹。

——因为造物主的偏心。

立于高处的男人，高挑，修长，面容清俊，在与主持人讲话。

他微微倾身,唇畔有淡笑,有令人舒适的礼貌。

但他架着一副薄薄的无框眼镜,又让他显出几分寡情疏离。

蒲桃近乎木讷地望着他。

主持人在跟他打趣,盛赞了他的长相,并说他一直不露面是不是怕大家对他的讨论度以后会转到外貌上,再也不会在意他的声音。

云间宿偏着头,笑着承下主持人所有的梗。

台下又是一阵尖叫。

蒲桃不自觉跟着傻憨憨扬起唇角。

男人侧脸线条好到辛甜骂脏话:"什么身高,什么眉骨,什么鼻梁,什么下颌线,仙男下凡?"

是的,他有种感知范围以外的好看。

如在大街上遇见,会移不开眼,却不敢奢求与他有故事。

蒲桃恍惚想着。

男人的出场,是空气里洒下的一包迷幻药,能让在场所有人傻掉。

主持人寒暄套近乎:"我们宿男神是近视吗?"

云间宿点了下头:"嗯,一百多度,平时一般不戴,今天怕看不清台下。"

"啊——"

所有女孩儿在叫。

他的回答似乎别有用心,蒲桃脸忽然就烫到不行,知觉也重新回到身体里。

短暂的互动后,云间宿回了后台。

辛甜比她还动容:"蒲桃,快啊,马上联系他啊!云间宿千里迢迢过来见你,今晚就赶紧本垒拿下好吗!"

蒲桃不能言语,一种情绪在肆无忌惮地翻涌,她知道那是什么。

自卑,来势汹汹且翻倍暴涨的自卑,填满了她。

她,这个一无是处的她,没有任何占据上风有能抓他眼球的地方。

连今天要穿什么都在瞻前顾后,化妆也手生晦涩,最后能展现出来的,只能是最普通也最平凡的她。

辛甜还在为她激动:"你们商量好了穿情侣装的?"

蒲桃回神:"嗯?"

辛甜一指她上衣:"都是白衬衣九分裤。"

蒲桃完全没意识到:"有吗?"

"对啊,快打电话给他啊,我求求你!"辛甜恨她还慢悠悠完全不心急。

蒲桃被辛甜推着走,轻轻"哦"了声,摸到挎包里的手机,却迟迟未动。

辛甜拱她胳膊:"发什么愣呢?"

蒲桃回魂,刚要象征性地把手机拉出来,掌心振动一下。

她心跟着打战,把它取出,是一条微信提醒。

蒲桃已经有所预见,她咽了下口水,点开。

云间宿:见面吗?

他言简意赅,蒲桃却像被起搏器用力一拽,又哐一下跌回去,周身震荡,不知怎么回答。

她完全没办法面对他,因为他那么完美无瑕。

也是因为他的完美无瑕,她反而更想落荒而逃。

不知如何描述,这种踟躇,这种瞻前顾后。

蒲桃垂下手,也把这个举世难题摆到心脏中央,好像自己是不得体的祭品那样羞于呈上。

她浑浑噩噩地跟着辛甜回到声息工作室的摊位,心神不定地拿起手机又放下。

辛甜保守着这个秘密,只是不一会儿就来问她怎么还不走。

她只能说还没到时候。

蒲桃也不想错失良机,但她真的太普通了,那个人,一定会失望透顶吧。

她不敢冷云间宿太久,可自己暂时也下不了决定,只能拿起手机回复：我能再考虑下吗？

云间宿回得很快：好，我下午两点会离开展馆。

他足够尊重，给她一个最后期限。

审判日来临前，她也并不痛快，被看不见的刑具桎梏，快要绞死她心脏。

蒲桃纠结到岔气，腹部隐痛，仿佛连跑一千米。

她握着发烫的手机，坐在一旁，降低存在感，以防辛甜又来撺掇她主动联络。

就这么犹疑到正午，辛甜叫她出去用餐。

蒲桃这才如蒙大赦，从凳子上起身，结伴走出场馆。

天气很好，天色一碧如洗。

声息工作室在附近餐厅订了个包厢，已经有一批社员先行过去，辛甜跟其他几个断后。

一行人迎着日头，到达餐厅。

来到二楼，还未进包厢，就听见里面的谈笑声。

蒲桃心不在焉地跟着辛甜进门，她思绪缠身，腾不出工夫细扫桌上人，径自在朋友身侧空位落座。

辛甜正在跟人打招呼。

蒲桃瞥了瞥手机，而后微掀起眼皮，看到满桌菜肴，色香味俱佳，而她却提不起一丝胃口。

蒲桃完全扬眸，终于开始注意周围都坐了哪些人。

仅一眼。

蒲桃宛若被扼住喉头。

刚刚只在台上见到的男人,此刻就坐在她正对面。

一张圆桌,他们是一百八十度的起始与末端。

他已经摘掉眼镜,完全露出俊朗的五官。

他好像在看她……

蒲桃自愧于这个猜测,藏起目光,也被自己的"玛丽苏"狂想呛到,险些咳嗽起来,她匆忙喝了口饮料,再也不敢抬眼。

她要慌死了,他怎么会在这儿?

她偷拉辛甜,轻声细语:"云间宿怎么在啊?"

辛甜显然也注意到了,凑过来跟蒲桃耳语:"当然是锦心叫的。他自由人一个,被熟人叫来聚餐很正常。"她好奇,"你们相认了吗?"

蒲桃皱了下鼻子:"没有。"

辛甜"啧"了声:"还没有?你效率也太低了吧。"

蒲桃怕自己反应过度,被男人识别出,换手机打字给辛甜:他太帅了,我感觉不配!就更配不上了,我怕他看到我本人就要跟我说拜拜。

辛甜也在打字:我服了你,谁看到这等绝色都觉得是捡到大便宜想马上见面拿下,你呢?你怂得跟什么一样。

再说你哪儿差了？

蒲桃警告：他们那地方美女那么多，我根本排不上号。接下来！你不准叫一声我名字！吃完饭之前我都是个无名氏！

辛甜：为什么？

蒲桃：怕他发现。

此时，人已来齐，锦心作为声息工作室的元老，今天坐庄请客，直叫大家别客气，尤其隆重地介绍了云间宿，说是自己老乡。

桌上觥筹交错。

蒲桃全程腰杆笔直，夹菜抿水，一声不响，唯独眼睛再没明目张胆抬起来过。

偶尔余光偷瞄，看见云间宿在跟别人讲话，并无异样，才暗松一口气。

饭到中途，有个刚入社的小 CV 起身，从背包里取出一个笔记本，递出去，说希望各位前辈在上面签名。

聚餐时索要签名，也算是圈内常态了。

大家顺时针传起本子，到蒲桃后，她有些惶恐，因为她完全不是圈内人，只是个来蹭饭的帮工。

但那男生眼神恳切，她又不能表现得太过突兀，就含糊不清写下 pt 两个字母，而后把本子递给辛甜。

一个个传下去,到云间宿时,蒲桃悄悄拿眼扫他。

男人敛目,面无异常地握笔签名,他手指修长,腕部似乎能感受到力量。

蒲桃因这个想象而面颊发烫,她抿着饮料,试图冲淡这种遐思。

但心里还是轰隆隆,轰隆隆,过境的列车有无限长。

他好帅啊。

受不了。

如果他稍微普通点,她可能也不会这么难以抉择,会马不停蹄去相认。

蒲桃心神复杂,想哭又想笑,想拿手对脸扇风,室内的冷气似乎没一点作用。

蒲桃忽地注意他取出手机。

她也赶紧去摸自己手机。

余光里,他低着头,似乎在打字。

蒲桃顿时口干舌燥,又拿起杯子喝饮料。

手机果然有消息过来。

她垂眸打开。

云间宿:别喝了,想好了吗?

有雷在体内炸开,蒲桃错愕地抬头。

男人正看着她,神色未有太多变化,目光却极为有力,即便隔着镜片。

他什么时候戴上眼镜的？

蒲桃来不及细想，只能从他视线里读出一种认定，格外抓人。

她被当场逮到，一下子混乱至极，只能迅速低眼扭脸，以为这样就能把自己屏蔽。

心跳得太快了，蒲桃脸爆红，呼吸不稳定起来，片刻才能打字回复：怎么认出我的？

她不敢再看他，一眼都不能。

云间宿：你先回答我。

蒲桃完全慌乱，开始抓耳挠腮，屁股下的椅子成了钉板，她坐立难安。

筷子不会握了。

酒杯也不会端了。

她成了废人，被他的目光束住手脚，难以动弹。

过了会儿，蒲桃手机又是一振，还是男人的消息：找借口出来，五分钟，我告诉你。

收到这个消息的下一秒，她听见了云间宿的声音，他在对锦心说："我出去回个电话。"

话落就是椅脚轻响，他离席出门。

一切发生得那么快，几乎不给她任何迟疑的机会。

完了。

蒲桃心肌梗塞，扒了会儿手指，她眼睛一闭，也支吾说："我肚子痛，去趟卫生间。"

她是真的有些腹痛。

从小到大，极端紧张焦虑的情况下就会这样。

辛甜心知肚明，嗅出一点端倪，于是笑了下，小声为她加油鼓劲。

蒲桃快步走出门，刚拐过去，就看到门边的男人。

他在等她。

晕。

他好高。

蒲桃一瞬间患上恐高，因为男人有着她必须仰视又不敢仰视的模样。

他垂眸看着她，不动声色。

蒲桃弱弱举手，说了声："嗨……"真是矬爆了，她在心里唾弃自己。

"过来吧。"

云间宿往外走，来到一片空阔的走廊。

蒲桃蒙蒙地跟上。

只觉得他的声音忽然变得格外真实，或许因为载体也变得真实了。

附近人来人往。

蒲桃小声问："你怎么不戴口罩？"她怕他被粉丝认出，避免不必要的麻烦。

男人蹙了下眉："我是明星吗？"

蒲桃被呛回来："……"

她根本无法与他对视。

静默片刻，云间宿忽然启唇："如果没在饭局碰到，你准备什么时候见我？"

这道题太难，蒲桃是末等生，下笔都不敢。

她还得低垂着眼，毫无底气道："下午吧。"

怕他闻言不开心，她小心补充："两点前……"

云间宿轻笑一声，有点荒唐，但更多纵容，这些天，蒲桃听过太多回，早就钻研透彻。

她的紧张感，被这种笑声减退几分。

"我长得很吓人吗？"云间宿似乎不能理解，"为什么这么怕？"

蒲桃收着下巴，怪瞧不起自己的："是我太见不得人了，声音不好听，人也不怎么样，只能在网上作威作福，我怕你觉得落差太大，发现真实的我，并不是你有兴趣的那种女孩子。"

说着说着，声音就寸寸低微下去。

云间宿没有就着她的话说下去，只问："知道我怎么认出你的吗？"

蒲桃慢慢启唇："因为……签名本？"

"不是。"他否认，"我早上路过声息的展区，听见你朋友叫你，那会儿，我就见过你了。"

他本就没打算糊弄这次见面："其实不是路过，是特地走到那儿了，希望可以见到你。"

蒲桃诧异仰脸，心跳猛烈。

原来在她还没见到他之前，他就已见过她了。

男人居高临下，打量她片刻，失笑："162cm，应该没骗人，上午没看仔细。"

蒲桃一下子不能消化："你知道我要去帮朋友的忙？"

云间宿回："不知道，只是侥幸心理。"

他居然想要，偶遇她吗？

蒲桃摸了下脑门儿，极度不自在，手不知往哪儿摆："那现在算见面了吗？"

云间宿沉声："我想，应该算。"

太好了。

蒲桃鼻腔发酸，嘴角又止不住吊起。

男人又盯了她一会儿，唇微掀，有点无奈。

一个拼命遏制着喜极而泣的哭意，一个努力不让自己失态笑太开。

"回去吧。"他说。他们不能离席太久。

这么快？蒲桃没反应过来，"喔"了声。

男人先走，蒲桃跟在后面，一切发生得太突然太迅猛，她还有点云里雾里，可这团云雾是粉红的，徜徉着一股子甜味。

她越走越慢，盯着他的背影发呆。

程宿回眸，看到他们的间距在拉大，女人一副魂不守舍的样子。

蒲桃见他回头，也下意识停下。

而后直愣愣看着本还在前方疾走，长手长腿的男人，径直朝她走回来。

他也停了下来。

她的手突地被拉住。

"跟上。"他说。

蒲桃完全木住，大脑轰然，有东西引爆了她全部。

她感觉不到四肢百骸，五脏六腑。

只有手，被他握着的手，唯一存在着。

就这样，被他牵着往回走，用饭桌上签字的那只手。

快到包厢门前时，男人才放开她，他微沉的声音从头顶落下：

"忘了跟你说，我叫程宿。"

男人让蒲桃先进门，她听话地先行。

她满脸通红，晕晕乎乎地归位。

一个合理的间隙后，程宿才走了进来，回到自己座位上，在她对面。

蒲桃抬眸瞥他，不想他也看着自己。

短暂交错过后，蒲桃仓促敛眼，她也发现，即使已经跟他面对面讲过话，她还是不敢直视他。

辛甜连拱她胳膊肘两下，被她面红耳赤地撇开。

被他牵过的手在失火，热辣辣的，她收拢又张开，难以自处。

几秒后，蒲桃手机一动。

她小鹿乱撞地按开，是他的微信消息，仅两个字，他的名字：

程宿。

程宿。

这两个字，好像一柄无形的秤杆，挑去了不真实的盖纱。

他切切实实地出现在她眼前，不再如隔云端。

蒲桃抿紧了唇，死憋着笑，把自己名字输入：蒲桃。

也是两个字。

她又想把自己藏进桌肚与桌腿肩并肩偷着乐了。

发送出去，蒲桃再次抬眸。

要命，他怎么又在看她。

男人笑意很淡，却很分明，足以让他们之间的距离感烟消云散。

可他的眼神太直白了，或者说是真诚，好像明目张胆看她这件事，在他的认知范围内，没有任何不妥，这反而让蒲桃更加羞赧。

仿佛考场作弊被老师抓包，她火速垂下眼睑，双颊完全无法降温。

看他们眉来眼去好半天，辛甜凑过来，心急地悄声问："你俩暗度陈仓得怎么样了？"

蒲桃："没怎么样。"

"我才不信，你脸红成这样。"

蒲桃嘴硬："你跟帅哥讲话不会脸红吗？"

辛甜："会脸红，但不会这么厼。"

蒲桃无法反驳，他猝然拉手的举动，好像一杯烈酒，后劲实在太大。

程宿低头看她回复，勾了下唇，回复道：待会儿有安排吗？

蒲桃想了下：下午可能要帮他们收拾东西。

她局促地把手机在膝盖上硌两下，问：你两点就要走了吗？

程宿：四点的高铁。

蒲桃心突突跳着：嗯，好，时间是有点儿紧。

是不是应该说点儿不舍的话，她言语功能基本宕机，面热心跳，词不达意。

"下午陪我出去逛会儿"——他想了想，指端下压，补了个"？"，才发出去。

蒲桃愣了下：你想去哪儿？

程宿：都行。

蒲桃摸了摸额际：会不会太赶了？

程宿：我今天可以不走。

蒲桃脑袋嗡了一下，因为这句话太引人遐想，她不是故意要延伸到奇怪的方向。

她单手撑腮，脸在烧，只好一会儿按按左脸，一会儿压压右脸，企图逼退那些滚烫。

蒲桃快速敲字：你还是按照原计划回去吧，我明天要早起上班，公司有点儿远。

发出去后，她重读一遍，顿时想以头叩桌，这句话太诡异太容易惹人多想了吧。

她只是不想给他制造多余负担,需要改变行程。

蒲桃匆匆添话,更显欲盖弥彰:我没别的意思,只是怕大条在家孤单伤心饿肚子。

程宿笑了:好。

桌上觥筹交错,谈笑风生。

只有他们两个,手指上偷系着一根隐形的线,细微一动,波及全身,心也随之震颤。

饭局结束,蒲桃跟着声息工作室众人一齐离开。

程宿跟锦心并排走在前面。

他们随意聊着天,也是日常中的听觉盛宴。

蒲桃听着,视线扎根到男人背部,再难拔除。

他身形赏心悦目,宽肩窄腰,安全感与年轻感呈现得恰到好处。

辛甜还在挪揄,提醒蒲桃要把握机会。她声音不算小,蒲桃快羞臊至死。

程宿也来了他们展区,他下午没活动了。

蒲桃一直在偷瞄他的动向。

他跟锦心说还有事,要提前走。

锦心惋惜地说晚上还想约桌游呢。

程宿抱歉地笑了下,目光从所有人脸上滑过,到蒲桃这里时，有了稍纵即逝的停顿，而后启唇："我约了人。"

蒲桃本一眨不眨地盯他，此刻只能埋头，躲躲掩掩，唇角却情不自禁上翘。

辛甜受不了地用气声说了句："妖精啊——"

蒲桃拍她后背一下，警告她闭嘴。

程宿跟众人道别，一个人走远。

蒲桃急不可耐地想着借口脱身，可她才稍微恢复运转的大脑，再次被他刚刚那一眼搅浑。

辛甜是个厚道人，有眼力见，立马把这位怀春少女往同方向搡："走吧，我帮你打掩护。"

蒲桃有些不好意思，半推半就着，直接被辛甜一记眼刀杀走。

蒲桃只能整理一下耳边碎发，匆匆跟过去。

她心跳飞速，取出手机，刚要问程宿在哪儿，他就发来了位置共享。

蒲桃顿了下，按下同意。

地图上，两个小点隔得并不远，他在三号门。

蒲桃呼吸不畅，但还是加快步伐，近乎小跑起来。

两个圆点箭头在逼近，逐渐重叠。

蒲桃深吸一口气，慢下来。

立在门边的男人已经在看她，他的眼睛，有一种平静的引力。

不会令人不适,但容易泥足深陷。

蒲桃走过去,说:"让你久等了。"

程宿扫了眼手机屏幕:"五个多小时,是有点久。"

蒲桃秒懂,小声歉疚:"……对不起。"

程宿"嗯"了声,似乎是接下了她的歉意,而后问:"你热吗?"

"啊?"蒲桃双手摸脸,不安起来,"我脸是不是很红?"

一定是。

程宿敛眼打量着她,含蓄道:"还好。"他真正想说,太可爱了。

"那就好。"被他注视,蒲桃又虚浮起来,好慌啊,只能生硬尬话,"我们出去?"

程宿应下:"嗯。"

两人走到外面,时值正午,日光热烈地扑了满身。

要去哪儿,蒲桃也没头绪。

她侧头问程宿:"你有想去的地方吗?"

程宿弯了下唇:"你微信问过了。"

有吗?蒲桃完全不记得,她把手机取出来确认。

蒲桃瞬间头痛,午餐时她真的问过,结果这会儿还是只无头苍蝇,漫无目的,好矬。

"我想想……"她咬着食指关节,"你住的酒店在哪儿?"

短促的沉默空当后,程宿问:"你要去?"

蒲桃否认三连:"不是不是不是!就是想去离你酒店近一点的地方,我怕太远了,你还要回去收拾行李,赶不上高铁。"

明明在澄清,却讲到自己面红耳赤。

程宿声音带笑:"我住尧棠公馆,离东站不远。"

"哦,那里,那是挺近的。"

你在说什么,表现得也太烂了吧!蒲桃要在心底把自己捶爆。

腹诽之际,男人忽然叫她:"蒲桃。"

她看回去。

他语气温和:"我也很紧张。"

蒲桃愣住,眼光闪了一下。

她觉得程宿在安抚她心绪。

可她并没有被安慰到,心反而被这句话死勒住,越来越窒。

就因为他也紧张,她急升成紧张的二次方。

蒲桃必须找个缺口吸氧:"你紧张什么?"

程宿反问:"你又紧张什么?"

"不知道。"蒲桃迟疑两秒，仅能给出最直观的回答，"可能是因为你长得太帅吧。"

　　程宿笑了下，似有所领会："原来我在紧张这个吗，因为你太漂亮？"

　　他在说她漂亮？

　　蒲桃要被汹涌的窃喜掀倒，所有的皱皱巴巴，瞬时被这句话、这种声音熨平。

　　难怪女人都爱听美丽的夸奖，哪怕不知道真假。

　　她思绪不再滞塞，活络了一些，脑内拼命搜刮着地点，片刻提议道："要不我们去寺水街？离你酒店很近。"

　　程宿颔首，取出手机叫车。

　　蒲桃主动揽下："我来叫吧。"

　　程宿已经下单，看她一眼："待会儿请我喝东西吧。"

　　蒲桃肯首："也可以。"

　　出租车来得很快。

　　程宿打开车门，先让蒲桃进去，自己随后躬身进入。

　　男人个头很高，后排顿时显得拥挤。

　　蒲桃无意识地盯着他被后座怠慢的膝盖，在思考要不要让师傅把副驾驶座往前移一点。

　　正想着，她感受到程宿的视线。

　　她看太久了。

蒲桃反应过来，猛地回神，撞上他的双眼。

她赶紧找托辞："你觉得挤吗？"

"没关系。"他稍稍挪动，往中间坐了点。

离她……

更近了。

蒲桃以手抵唇，微微偏开眼，她怕他发现她眼角眉梢都是"痴汉笑"。

一路上，兴许都有些拘束，他们交谈寥寥。

蒲桃根本不敢转头看程宿，平视前方都需要勇气，就提着一口气，贴近车窗，死磕沿途街景。

终于到达目的地。

寺水街人来车往，如其名般傍水依寺，年代感与现代化交相融合，美而静。

蒲桃先下了车，停在路边，回头等程宿过来。

她垂手而立，偷偷舒展了下绷了一路的双臂。

"走吗？"她佯装语气轻松，已能恰然相处，"我们先去买饮料。"说完就要抬足。

程宿叫住："等会儿。"

蒲桃驻足。

程宿递出手。

蒲桃僵住，好不容易平复一点的心率，再次直飙峰值。

什么意思？她声音微颤："是要我拉着吗？"

程宿失笑："不然呢。"

他又说："我没戴眼镜，人生地不熟。"

鬼话连篇。

可她怎么那么高兴呢。

蒲桃咬着下唇忍笑，完全被牵着鼻子走，隆重宣布："哦，遵命，那我可就拉了啊。"

她嘀嘀咕咕："反正也不是第一次。"

程宿听见了，问："第一次是什么时候，一个小时前？"

"嗯？你怎么知道的？"她装傻，揣着一颗在蹦床上连续跳高的心脏，搭上程宿那只手。

她发现，她只能握住他四根手指。

他被空出的那只拇指，轻轻压回她手背。

神啊，蒲桃耳朵红透，因这个细微的回应，肌肤接触，触电般让她颤抖。

程宿垂眸看她，眼底闪着笑，动作却在一瞬间反客为主，掌控回去："拉好，别把我弄丢。"

I want to know you

第9章 老板娘

天好热啊。

这是蒲桃跟他相牵走了一段路的真实感受,原来牵喜欢的人的手,温度会叠加。

那种欣喜跟亢奋无法淡化,蒲桃只能一刻不停地偷乐压唇角。

她觉得自己肯定出手汗了,但她不好意思讲。

抑制着过快的心率,蒲桃没话找话:"你以前来过蓉城吗?"

程宿说:"来过。"

蒲桃侧眸:"寺水街呢?"

"也来过。"

程宿讲话时,眼光途经高傲的鼻骨,淌入她眼底,随意又温和。

蒲桃胸口微浮,稍微偏开目光。

片刻又移回去,发现他仍在看她,只是多了笑,有些促狭。

她脸红嘟囔:"好好看路不好吗?"

程宿反唇道:"你看了吗?"

蒲桃火速转移话题:"你来过寺水街,那再来岂不是很没意思。"

程宿忽地问:"想去我店里看看吗?"

蒲桃怔了下:"什么?"

程宿:"我有家书店,就在前面。"

蒲桃结结实实地愣住:"哪家?"

"方寸之间,"程宿问,"来过吗?"

蒲桃眨了下眼:"这家店是你的?"她去年跟同事逛了会儿,因为过分有格调,她们曾拍下不少照片留念。

程宿颔首:"嗯。不过蓉城这边的两家分店都是我一个朋友负责。"

蒲桃皱眉,一直受制于人的她,好像终于能抓住他的小把柄:"哦吼,这就是你说的人生地不熟?"

程宿挑唇:"嗯。"

他停下来,示意两人相牵的手:"要反悔吗?你如果不想带路了,我没意见。"

"还是不了吧。"蒲桃拢紧手指,一本正经地胡诌,"我就来过一次,已经记不清了,换你带行吗?"

风拂过,树叶窸窣而动,头顶碎影飒飒。

程宿还是笑:"那走吧。"

"好!"蒲桃的动作生动诠释屁颠颠。

程宿的店并不远，走上百来米就到了。

书店门面不算大，但古朴清幽。

匾额上是四个手写体毛笔字——方寸之间。

程宿掀帘进去，店员坐在前台，约莫是见有人来，她从书堆后抬起眼来。

女孩儿目光一下变亮，站起身来惊喜道："程老板？你怎么过来了？"

程宿淡笑，扫了一圈："吴境人呢？"

女孩儿说："他早上来了下就去那边了。要我打电话给他吗？"

程宿说："不用了，我们随便逛会儿。"

女孩儿留意到他身边的女人。

女人有种平铺直叙的美感，描述是累赘，看到的第一眼，就两个字，漂亮。

被外人判究盯着，蒲桃局促起来，有收手迹象。

无奈程宿依旧牢握，让她无处躲藏。

蒲桃有些别扭，望天望地，最后跟女孩儿说了声："你好。"

"你好。"女孩儿愣了下，冲程宿打趣，"你们好好逛，要喝点什么吗？"

她递过来一份长形餐单，都是昏黄纸页，毛笔书写。

程宿接过来，又交到蒲桃手里："你点。"

要翻页，他们的手才不得不分开。

蒲桃简略扫了眼："有推荐吗？"

程宿倾身凑低："我一般喝美式，这儿也有奶茶。"

"在后面。"他抬手帮她掀页，指节细长。

也是这个动作，让她真实地被他罩住，好像那天梦到的一样。

蒲桃胸腔里顿时浮出一亿个气泡，啪嗒，啪嗒，不停地急促迸裂。

她居然能被这种人、这种手牵，她一定是上辈子拯救了银河系，有八百辈子修来的福气。

她满脑子只剩他的手、他的声音、他的气息，哪还看得进去餐单，最后只能草草点了杯大吉岭奶茶，跟程宿确认了下他的需要，才取出手机问店员："可以微信支付吗？"

"嗯？"女孩儿眼底一震，望望程宿，又望望她，"肯定免费的啊，我哪敢跟老板娘收钱。"

"不不不……"突然被冠上的身份如千斤顶，蒲桃忙着辩解，不免结巴。

程宿只低笑一声，没有讲话。

几秒后，他收敛起面色，扬了扬下巴："你就让她付吧。"

女孩儿眨巴眨巴眼，对他们的情趣一下子不能领会，但还是点头道："哦，好的，我扫你。"

蒲桃慌手慌脚地调出微信支付界面。

"嘀"一声，她心才下坠一点，不再像蹦极之前。

作别女孩儿，他们俩往里走，脚下是一条窄道。

曲径过后，豁然开朗。

偌大的书架四面环绕，有古籍，有读本，还有些外国的收藏作品，灯光将纸页染成陈旧黄。

再跨过一道门，就是另一个世界，墙面素白而斑驳，视野通明，布置也变得时新，是现代读物的领地。

往后走，有方不小的院子，花木别致，错落点缀着些复古风格的桌椅。

客人们在这边品茗饮咖，几人对着笔电办公，约莫要一待一下午，他们互不打扰，讲话都压低声音，怕搅浑这片幽静。

程宿领着蒲桃找空桌。

一落座，蒲桃就小声问："这都是你设计的？"

"嗯。"

她又问："另一家店在哪儿？"

程宿在她对面坐下："天府大道。"

蒲桃环顾四下，惊艳且好奇："山城的也是书店？"

"对，山城也有两间，有家总店。"程宿蹙了下眉，倚回椅背，"怎么，调查我身家？"

蒲桃拿双手遮唇，怕自己得逞笑得太明显被他察觉："哪有，就觉得你好厉害。"

完美得不像话，她现实里一定碰不到，这么一想，好庆幸。

蒲桃垂眼看自己掌心，点头说："嗯，回去要把这个手供起来，因为被厉害的人拉过。"

"至于吗？"

"怎么不至于！"她态度格外认真。

程宿弯唇，不知是环境使然，还是心情缘故，他看起来有些惬意："说说你呢。"

蒲桃指自己："嗯？我？"她努嘴，"就贫困打工仔。"

他很坦率，她亦然。

蒲桃接着说："我之前不是总跟你说画图嘛，因为我做地质测绘，就是对着电脑画图，1:1000 的比例，用 mapmatrix 这个软件采集，采集之后用南方 cass（一款用于测绘的软件）编辑，编辑是为了让整个图看起来美观一点儿，采集的时候要戴眼镜，很像看 3D 电影那种。"

她一说就滔滔不绝，接着还取出手机，调出一张图，翻转给程宿看："这个图是用手机在电脑上拍的，你看不出来，但戴上眼镜其实就能看到这些山和地了，它们都是立体的，就像坐在飞机上俯瞰下面。刚开始做这个的时候，我还比较感兴趣，甚至有点'中二'，感觉自己拥有上帝之手，可以描摹世界，当然，现在就只剩枯燥了。"

讲着讲着，她突然警醒："你听得懂吗？"

"重要吗？"程宿看着她，"觉得你很厉害就行了。"

蒲桃控诉："你要一直学我讲话？"

程宿勾唇，垂了垂眼，自嘲："被你发现了啊。"

"对啊。"

程宿重新看回来，似乎也很无奈："看着你，我就不会说话。"

他眼睛深而静，似幽潭。

蒲桃完全不敢对视，装傻："我也是欸。"她将整个上身背过去，"要不这么交流？"

程宿被她逗乐："转回来。"

蒲桃回过头，双手掩面："这样呢？"

程宿无奈："能不能放下？"

蒲桃揉头："那怎么办，怎么解决这个问题，我们都太尴尬了。"

程宿不假思索："坐我旁边来吧。"

蒲桃愣了愣，耳温急剧上升："这样就看不到对方的脸了是吧。"

　　程宿"嗯"了声："应该比现在好点儿。"

　　蒲桃拖着椅子挪位，在他身侧坐定。

　　她坐正身体，煞有介事地平视前方，用余光找他："我这么坐行吗？"

　　程宿扫她一眼，弯了眼："行。"

　　蒲桃追问："然后？"

　　话音刚落，身畔人动，她的手遽然被捉过去，握住。

　　太意外了，蒲桃的心跟着怦怦直跳，跳得要死了，一刻间，竟不知道怎么动作。

　　程宿重新靠回去，像是终于称心如意："陪我坐会儿。"

　　庭院里静悄悄，他们也静悄悄，只有风在叮咛，草在舞蹈。

　　不知牵了多久，蒲桃心慢慢平复，这一刻，哪怕只字不言，气氛也不会变得窘迫。

　　中途店员端来两杯饮料，瞥他们一眼，就快速离开。

　　蒲桃胸口微微起伏着，突地，她手机一亮。

　　屏幕上的时间显示，快三点了。

　　她回头问程宿："你是不是要回去了？"

　　程宿看回来："几点了？"

蒲桃单手拿起手机确认："三点。"

程宿前倾身体，也扫了一眼："嗯，是要回酒店了。"

不舍的感觉在蔓延，蒲桃抿了抿唇，担心他被耽误："走吧，我怕你赶不上车。"

程宿端起咖啡喝了一口："好。"

手依然没分开。

没黏强力胶，也没人逼他们这样。

两人一同起身，程宿拉着她走回书室。

蒲桃窃笑："要一直牵着吗？"

"嗯。"程宿想也没想答。

蒲桃笑容加大："手都拉得没知觉了。"

程宿顿足回头："换一只？"

蒲桃摇头："还是这只吧。"

程宿笑，继续往门外走，顺道跟店员道别。

女孩儿见他们要走，惊讶地问了句："就待这一会儿？"

蒲桃隔空指指程宿："他要回山城。"

女孩儿"哦"了一声："原来你们异地啊，我还以为是来蓉城玩。"

她一口一个老板娘，一口一个异地恋，兀自定义了他们的关系。蒲桃百口莫辩，最后索性什么都不讲，至于程宿，他始终好整以暇，默认着一切。

尧棠公馆跟寺水街挨得近，他们直接步行过去。

走进酒店大厅，民国风扑面而来，随处可见低调简约的欧式美学。

放眼望去，人少而清静，灰白墙面高矗，嵌有浮雕，有种峻冷的优雅。

但蒲桃还是没缘由地忐忑起来，因为电梯近在咫尺。

在成人的世界里，酒店极易引人遐思。

她悄悄打量程宿，男人面色寻常，并未因为环境而出现相应的变化。

她在想什么乱七八糟的。

蒲桃内心掩面。

电梯上行，金属墙壁里影影绰绰映出一高一低的身影。

蒲桃偏移视线，面颊熏热，找话讲："我听锦心说，你昨晚就过来了？"

程宿"嗯"了声。

蒲桃问："那怎么没跟我讲？"

程宿说："怕你紧张失眠，展会都不敢来。"

蒲桃抗议："我有那么胆小吗？"

"没有吗？"他垂眸问她。

蒲桃声音提高，以显理直气壮："没有。"

程宿笑而不语。

走出电梯,穿过长长的回廊,蒲桃一直新奇地四处打望,末了评价一句:"我发现,你开的店、你住的地方,都跟你很相配。"

都绅士、冷静、体面,有种浑然天成的俊雅。

程宿看她一眼:"我牵的人呢?"

蒲桃脑袋宕机了一下:"啊?"

程宿问:"要再问一遍吗?"

"不要了不要了。"她有听清,只是很羞耻,"还……还行吧。"

耻到深处自然熟,她不介意说大话。

程宿哼笑,停下脚步,松开她的手,从裤袋里取出房卡。

这就到了?

蒲桃望着那扇木门,心再次七上八下。

"嗒"一声,程宿拧开房门,往里走去。

蒲桃缩在门边迟疑,在纠结要不要跟上。

程宿注意到,回头看她。

蒲桃探头探脑,却也畏首畏尾:"我要进去吗?"

程宿没讲话。

蒲桃歪头,无辜笑,装不想打搅:"要不我还是在外面等吧,毕竟是你的私人空间。"

她从来没跟异性单独待过同一间房,难免迟疑心慌,

不敢越界。

程宿也不动,只淡着声说:"胆子真大。"

他在讲反话,蒲桃一下明了。

她摸了下后颈,不自在时就会这样。

程宿走回来:"进来,站门口像什么样。"话罢捉住她小臂,把她扯过来。

"哎,喂……"蒲桃没想到他手劲这么大,险些扑到他怀里。

勉力维持住身姿,蒲桃搭住胳膊,强作镇定。

程宿盯着她发笑:"怕什么,门又不关。"

蒲桃挺胸直背,声音却听不出多少底气:"我没怕啊,奇奇怪怪,有什么好怕的。"

程宿不戳穿,下巴示意屋内的一张墨蓝丝绒沙发:"坐那儿等着。"

"喔。"蒲桃乖乖待过去。

程宿果真没关门,拐进了盥洗室。

等男人完全走出自己视野,蒲桃这才左右摇摆起来,无声蹬腿。

她急需发泄!

不知何故,光是跟程宿置身同一空间,她就觉得羞耻度爆表,内心不断尖叫,呜呜嗷嗷。

等他再出来，蒲桃已经端正坐好，只是眼神乱飘。

他们目光短促地接触一下，程宿就走回床头，理好数据线，跟洗漱包一并揣入行李袋，而后利落拉好行李袋拉链。

收拾个东西怎么也这么帅。

蒲桃瞧得心旌摇荡。

可惜她胆太小，有丛生想法也不敢冒昧实践。

"好了，下去退房。"程宿回头，提醒她收神。

蒲桃怔了怔："这么快？"

"嗯，没多少东西。"他停在她面前。

蒲桃坐着，只觉压迫感惊人。她迅速起身，敛目到他手里找："有需要我帮忙拿的吗？"

程宿拎行李的手一动未动，另一只空手反倒悬到她跟前："拿吗？"

蒲桃挑唇，接奖杯般双手去捧："知道了，马上拿。"

第多少次牵手了。

她没数，也不想数，可能也数不清了。

程宿本想就在酒店门口叫辆车送蒲桃回家，无奈她非要跟来送他。

依依不舍地送男人进站，直到他没入人海，蒲桃才转身离开。

走到外面，蒲桃怅然若失，这大半天如坠幻境，唯独手上残留的触觉证实着，这不是梦，她真的见到了他，云间宿，程宿，一个有血有肉的他。

蒲桃旁若无人地咧嘴笑起来。

好开心。

好开心。

要说多少个开心，才能确切地表达这种开心。

还没来得及开心完，手机响了。

蒲桃看见上面的名字，越发止不住笑。

"回去了吗？"

"上车了吗？"

他们经常同时说话。

又同时笑。

程宿说："你先回答。"

蒲桃："还没，准备叫车。"

程宿："也不晚了，早点回去。"

蒲桃："好。"

程宿突然问："你住哪儿？"

蒲桃停了下："武侯区。"

程宿说："我另一间书店在天府北段，你今天没逛尽兴可以去那边补上，布置得差不多，只是面积稍大一些。

我跟店长说过了,你去免费,可以叫同事朋友一起。"

蒲桃纳闷:"店长又不认识我。"

"把我微信给他看就行。"

蒲桃眼弯弯:"好荣幸,感觉自己像个贵宾。"

她听见那边广播:"你要上车了吗?"

"嗯。"

"那别光顾着打电话错过车了。"

"好。"程宿说,"那我挂了。"

"嗯。"

回到公寓,蒲桃都轻飘飘的,如陷云团。

她躺到床上,拿出手机,给程宿发微信:我到家了,你到了跟我说一声。

程宿回很快:好。

他又回:睡一会儿。

蒲桃:好的,你快睡吧。

程宿:我说你。

这个人,好体贴噢——

正中红心,蒲桃栽倒长啸,乐不可支地拍打两下细腿,回他:你也睡一会儿。

蒲桃:我们都起了个大早。

新的一天，也是未知难测的起始，幸好结局不错。

又聊了会儿，困意侵脑，蒲桃眼帘渐阖，昏沉沉地睡过去。

再惊醒时，蒲桃赶忙捞起手机看时间，都晚上十一点多了。

她唰一下坐起来，直奔微信。

果不其然，有程宿几个小时前的行踪汇报，说他已经到家。

蒲桃双肩坍塌，想立刻回复，又怕他早就睡下。来回奔波，他肯定比她要累。

想了想，蒲桃按捺住，打开微博搜他消息。

输入"云间宿"三个关键字，跳出来的全是今天漫展的路照，往下滑，满眼溢美之词，搭配着男人完全不需要修饰的俊脸。

蒲桃偷摸存下几张，长舒一口气。

结果如她所料，这种声音与长相，无疑会在圈内刮起飓风，掀出小范围震波。

是她失策了。她的怯懦怕生，给自己带来了更多假想敌，怎么看……怎么得不偿失。

应该找个机会私底下约见的。

不该让这么个大好良家妇男露脸。

懊恼着，蒲桃点开云间宿微博，他并未更新状态，粉丝数却暴涨好几万。

毕竟实时热门里，有条粉丝拍下的九宫格微博转发已过八千，俨然有出圈趋势。

不得不承认，这套图的确拍得可以。蒲桃醋兮兮地点了赞。

有点暗爽，又超级吃味地浏览着有关程宿的所有状态，她忽然收到一条微信提醒。

蒲桃切回去，是程宿发来的：醒了？

蒲桃回了个抱头表情：你怎么知道？

程宿：看了你微博。

他好关注她啊！

蒲桃喜不自禁：噢，你还没睡吗？

程宿：我看你什么时候醒。

蒲桃：直接打电话叫我好了。

程宿：不想。

蒲桃：这么好的呀。

程宿：才知道吗？

蒲桃：以前隐约知道，现在清楚知道。

程宿"呵"了一声：就你会说。

不再面对面尬聊，他们似乎都比下午自在了许多。

蒲桃发过去一张刚刚保存的照片：我的新壁纸有着落了。

程宿：谁拍的？

蒲桃：少跟我装傻。

程宿：你怎么不拍？

蒲桃：光顾着用眼睛看了。

程宿：眼睛看，比手机拍好。

蒲桃：谁让你长这么好看，挡不住人家要拍的。

程宿：还怪起我来了？

蒲桃：没有啊，就是看你微博一下子多了那么多粉丝，有那么一点点一丢丢小吃醋。

程宿：有吗？

程宿：我看看。

过了会儿，他回来了：是涨了一些。

蒲桃哼哼：恭喜你啰。

程宿偏气她：谢谢。

蒲桃完全沦为一颗酸山楂青柠檬：是不是还收到不少女孩子的告白私信？

几秒后，程宿回过来一张截图。

蒲桃点开，那是他的微博消息列表，私信数量确实可观，但……

程宿：置顶只有一个。

那就是她。

I want to know you

第10章 能抱你一下吗

蒲桃将这张截图欣赏许久,是程宿的私信列表,她高居榜首,意义之特殊不言而喻。

她揉了下笑鼓鼓的脸,故作谦逊:何德何能,能成为云间宿大大的置顶。

程宿完全不给面子:何德何能没看出来,得了便宜还卖乖的德行倒展现得淋漓尽致。

蒲桃笑出了声,软下语气:干吗呀,你也是我置顶,很对等,很公平。

她好奇问:你什么时候设置的,刚刚?

程宿:有一段时间了。

蒲桃非要刨根问底:具体是哪一天?

程宿:发语音那天。

蒲桃切到微信,回看他们的聊天记录。

距离他重现那句白月光语音已经过去快一个月。

蒲桃:不讲话的话设置顶感觉有点浪费。

程宿:方便。

蒲桃:方便视监我微博?

程宿:看过几次。

蒲桃：可我都不更新的，毕竟我"爱豆"也不更博。

程宿：嗯，只点赞你"爱豆"。

蒲桃：除此之外还能做什么，你教教我。

她在装傻方面得心应手，程宿笑了：还可以私信骚扰，毕竟耳朵拼了命想认识我。

蒲桃开心兮兮地回了个"喔"。

回忆纷至沓来，她刹不住话：我还重拾本来早就弃用的 QQ，全是为了接近你。

程宿：是够处心积虑。

蒲桃纠正：哪有，这叫殚精竭虑。

幸亏有收获。她在心里补充。

程宿问：没区别。

蒲桃道：哪里没有，一个贬义，一个褒义，我追人很正大光明的。

从见面回来，她心里就摆出一本"疑问大全"：可以问你一个问题吗？

程宿：嗯。

蒲桃：我跟你想象里是不是真的不太一样？

程宿沉寂片刻，回：我几乎没想象过。

蒲桃问：为什么？

程宿：之前跟你说过，我听过一个说法，说人都是视觉动物，但我是感觉动物。

蒲桃：你意思是？

程宿：你很契合我的感觉。

不知为何，这句话令蒲桃羞臊起来，好像她是他的量身定制。

她不禁问：你的感觉是什么？

程宿：无法准确描述。比如我店里的美式，也只有我店里有这种味道，其他地方喝到的都不对味。

蒲桃说：可这也是网络上给你的感觉，至少我是这么以为的。

程宿：这是你的一部分。

蒲桃：嗯？

程宿：无论是网络上的你，还是现实中的你，都是你的构成。

蒲桃：但如果这种呈现是相反的呢？我觉得网络上的我很会聊天，可现实中就容易手足无措，你今天也看到了。

程宿：你在跟我抬杠吗？

蒲桃喊冤：没有啊。

程宿：表白就接着。

蒲桃讶然：什么表白？

程宿：还装？

蒲桃要被喜悦击晕：我完全没听出来，你也太含蓄了。

程宿：那直接点。

程宿：我不想被白吃白占了。

蒲桃在被窝里拱成精神亢奋的毛毛虫：谁白吃白占你了。

程宿：谁白吃白占谁心里有数。

蒲桃一时难以相信：不会是我吧？

程宿：稍等，我去数数被骗了多少句晚安。

蒲桃乐不可支：你怎么可以倒打一耙？

程宿：只是在整理总结我的被骗记录。

他猝不及防地把确定关系这种事摆台面上来，蒲桃心咚咚的，思绪凝结成糖浆：如果今晚不给个说法，是不是就没有晚安了？

程宿：嗯。

臭男人。

非把她逼上梁山。

蒲桃双颊烫得不行：我是女孩子，要矜持一下的。

程宿想了想：也是。

他攻势太猛，而她个性太疢。

程宿：给你一天时间。

蒲桃竭力稳住心绪，塞回要脱口而出的答复：也给你一天时间。

程宿：嗯？

蒲桃深吸一口气，打字：今天我们刚见面，都有点激动甚至是冲动。不如冷静一下，如果真确定关系的话，就要异地恋了。

程宿：我刚才做了件事。

蒲桃：？

程宿：看你有没有把微信名改回茶艺大师。

蒲桃噗笑，坐正身体才好继续聊天，不然她这会儿亢奋到能连做一百个仰卧起坐。

她回复：我还是蓉城山寨版大条，请放心。

他的猫。

程宿也弄不懂，怎么会有这样的姑娘，胆子可以这么大又能这么小，收放自如，每一个举动都轻盈踩在他萌点上。

他不急于一时：嗯，明天再说。

他又说：睡吧。

蒲桃：好，晚安，我会好好想。

她要去假模假样深思熟虑实际嗷嗷乱叫了，即便脑子里早已摁下一万次"yes"。

程宿：嗯。

聊天框里再无动静。

蒲桃等了一会儿：真没晚安啊？

程宿押下砝码：明晚也许会有。

蒲桃：哇，你这个人……

她欲言又止。

坏得很。

翌日。

云间宿破天荒地在周一晚上开了直播。

从确认蓉城之行开始，他的旧日秩序仿佛被打散，变得随心所欲，出格举动也越来越多。

蒲桃自然也收到这条推送。

近一日，他们都没有联系，强砌出一个"冷静"的当口。

冷静，是不可能冷静的。

蒲桃还干出了她呱呱坠地至今最为疯狂的事情。

上午，她超高效地赶出一平方公里图后，就奔去人事部，言辞恳切地请休今年年假，说有极其重要的事要去办。

考虑到她平日表现优秀，又极少请假，上司批准了假期。

下午，蒲桃简单收拾，就揣上去往山城的高铁票，踏上征途——她为爱失序的第一步。

蓉城到山城的车次很多，路途也不远，蒲桃很快到达目的地。

拖着行李箱,她立于人流中,在导航上搜索云间宿的书店地址。

一家在渝中,一家在江北。

蒲桃斟酌片刻,选了渝中,叫车前往。

风尘仆仆赶到方寸之间时,书店还未关门,有不少人在这里喝茶闲坐。游客细声细语,轻手轻脚,一边闲适转悠,一边拍着店内别致的布置。

蒲桃行李箱的滚轮声有些突兀,她当即把它提起来往里走。

前台一个女人瞄见,示意店员去帮忙。

一个清秀男生走到她身畔,要替她提。

蒲桃刚要婉拒,男生已经热情接手:"别客气。"

他问:"你是刚来还是要走?"

蒲桃回:"刚来。"

男生眼神一顿,有些骄傲:"刚来就赶到我们店?"

蒲桃微微一笑:"对啊。"

找到一方空座,男生替蒲桃放好行李箱,问蒲桃要喝点什么。

她昂头:"美式。"

男生颔首说好。

咖啡端上来时,蒲桃刚好进入云间宿的语音直播间。

她戴上耳机，不断吸气，呼气，缓解着这种漠视理智过后的极端紧张与刺激。

耳畔，男人已经开始说话。

不变的声音，稳定扩散开来，月落了霜，风在叩心窗。

"今天忽然开直播，"

"也不是事出突然。"

蒲桃开始充钱。

他说她白吃白占。

那她今晚就把"补偿"尽数补上。

一切归零，他们要平等地开始，以另一种身份。

弹幕快速刷过去。

"只是想坦诚一些事。"

"配音有三年了，昨天去参加见面会，是想见见大家，同时也是想去见一个人。"

他不紧不慢：

"一个我喜欢的女孩子，她住在蓉城。"

蒲桃扔礼物的手顿住。

此时此刻，弹幕也趋近癫狂，有人心碎，有人起哄。

云间宿似乎在斟酌用词：

"我在现实中只是个普通人，广播剧赋予了我别样的人生，我很感激。

"从未想过因配音圈粉,承蒙厚爱。但我不想接着隐瞒,对大家,对她,都不好。"

蒲桃心头胀满,是一种奇特而陌生的温感,却令她足够心安。

同时,她惊慌失措到不行,开始把手里礼物一股脑往外丢,好像被揪住把柄的小朋友在拼命洗刷嫌疑。

"别乱花钱了。"

她总能在茫茫人海被他轻易找到。男人在笑:"你知道我说的不是这个。"

【天啊谁啊谁啊谁啊啊啊啊!】

弹幕大军鸡皮疙瘩顿起,纷纷怪叫,地毯式搜寻。

可惜整个直播间都如打了鸡血,刷过去的打赏眼花缭乱,"噗噗噗萄"这个名字早被淹没。

蒲桃体内有只疯兔子狂跳,她耳根红透,灌下一大口咖啡。

这就是他喜欢的味道?她心乱到完全失去品尝能力,这杯冰美式仅剩微不足道的降温功效。

怎么忽然来这套,她无言,无语,无话可说,今晚又要失眠到天亮。

…………

程宿下了播。

蒲桃仍呆坐在书店里，圈着手机，要哭还是要笑，她分不清了。

程宿的消息如期而至：考虑好了吗？

蒲桃：你呢？

程宿：考虑了一天怎么能让你放心。

蒲桃：你昨天才涨的几万粉今天就要掉光，可能以前的也会清零。

程宿：那样也好。

程宿：我只是程宿了，对你。

蒲桃因这两句话鼻酸，她用力吸了下鼻子，极快打字：你准备好了吗？

程宿：什么？

蒲桃激动到泫然：听我的回答。

程宿：你说。

蒲桃：我请了假，现在坐在你店里，你山城的店里。昨天才分开，今天我就跑过来想给你惊喜，原谅我的冒失，因为太喜欢你了，我实在想不出比这更好的回答了。

收到消息的第一时间，程宿就在想，他怎么会认为这个女孩子胆子小。

她胆大包天，一旦心野，就能掌握世界，他像个毛头

小子一般被她玩弄于股掌间。

不然为何,他心率在加快,甚至要盖过昨日刚见她的那一瞬。

他直接给蒲桃回了电话。

他气息有些重,仿佛不是刚下播,而是夜跑了一段长路。

蒲桃坐在原位,安静地听着他吐息,肤色被顶光映成暖白。

程宿单手抄兜走出家门:"什么时候到的?"

蒲桃不准备隐瞒:"到了有一会儿了。"

程宿停在电梯前,敛目看着上面闪动的数字:"为什么才跟我说?"

他音色未变,更别提责备,好像异地恋爱侣间一次稀松平常的对话。

蒲桃说:"我想先尝一下你店里的美式,因为太好奇了。"

这句回答糅进了咖啡粉,有种醇美又率真的诱人。

程宿喉结微动:"感觉怎么样?"

蒲桃戏谑:"程老板,要听彩虹屁还是真心话?"

"后者。"

蒲桃:"听着你直播时喝的,味觉失灵了,完全静不下心品尝。"

程宿笑了声,走进电梯:"那钱不是白花了?"

蒲桃："没关系，肥水没流外人田。"

程宿显然被这句俗语取悦："我现在过去。"

蒲桃胸口起伏一下："好，我等你。"

晚间九点，山城最美的时段。风是湿热的，天是迷蒙的，嘉陵江与长江成为他杯盏之中的混酒，因而整座城市都呈现出一种光怪陆离的微醺。

把车停在店门前，程宿穿越人群，径直走进店里。

他的到来让坐在吧台放空的一男一女都双目圆睁，一前一后站起身来。

女人叫雍靖舒，是总店的店长。男生叫丛山，是店里的吉祥物，负责调配饮品，兼"出卖色相"。

雍靖舒调侃："稀客啊，过来干吗？"

程宿莞尔，不卖关子："有看到一个拉行李箱的女孩儿吗？"

丛山马上反应过来："有啊，还是我帮她提的。"他用大拇指示意身边人，"舒姐让的。"

程宿多看他一眼，眼底闪过些微赞许："她坐哪儿？"

丛山一下子顿悟，要从吧台后拐出来带路。

程宿抬手拦住："告诉我在哪儿，我一个人过去。"

"啧！"丛山指了个方向，"那边第二张桌子。"

程宿转头就往那儿走。

蒲桃就这样，傻坐着，迎来了她与程宿的第二次见面。

前后仅隔三十个小时。

她手边摆着一本书，还有一个早已喝空咖啡的杯子。

书只翻了几页，因为她对阅读的兴趣一向不入，外加她浮躁难定，密集的文字只会加剧这种情绪。

然而，这种状况并无好转，甚至，在程宿猝然出现的那一刻，她确认自己病入膏肓，急性心肌炎。

蒲桃知道他会来，但没想到他能来这么快。

仿佛真是从云端而至，翩然落在她面前，因为她的一句消息，他捎来不可思议的神迹。

可当她仔细打量起他服饰时，却发现男人穿着略显随意，并不如昨天得体。

可她仍是局促的，旋即站起了身。

程宿看她一眼，有些莫名："坐啊。"

蒲桃回他一眼："你也坐啊。"

程宿停在原处，看了会儿她。

女人的五官本应该是沉静那类的，但她的个性真实跳跃，如此反差，会让这种美丽打碎重建。此时此刻，她拘谨的、无法伸展的模样，有种毛茸茸的质感，会给他更直观的刺激。

眼看她要坐回去，程宿心神一动，说："等会儿坐吧。"

蒲桃赶忙将快贴上沙发的臀部抬高，站直，迅捷如做

深蹲。

程宿问:"能抱你一下吗?"

蒲桃有些诧异。

程宿看着她:"只是抱一下,你可以拒绝。"

这是他当下能想到的最好表达。

蒲桃是同意的,但是她从未有过类似经历,心脏狂跳:"我手要摆哪儿……你的腰,还是肩?"

程宿笑起来:"站着就好。"

他上前一步,拥了她一下,很快放开。

他心室终于不再浮躁发空,安定踏实下来。

这个拥抱,有温和的力度,很落到实处,却不显冒犯。

蒲桃的五感被他裹挟、盈满,又迅速抽离,但男人利用肢体语言留下的荷尔蒙不是那么容易挥发的,她全身都开始发烫了,好像被他短暂地拥有。

再坐下的时候,她感觉自己轻得像一粒蒲种,恋爱真是容易让人失真失重。

原来这就是拥抱,离开他身躯的下一刻,她就开始想念了。

程宿坐在她对面的沙发上,他的来到,立刻完善填补了这片狭小的双人卡座,环境与气氛都变得恰到好处。

蒲桃一直注视着他,他好好看啊,看不厌。

程宿也看回来，好整以暇。

一秒，两秒，三秒，仿佛在对赌，谁都没有率先移开视线。

四秒，五秒，十秒，终于，两个人相视而笑，刹那破功，打成平手的局面。

一个念头在作祟，蒲桃想压回去，无奈挑唇已经出卖她，索性顺着心意拆穿："你从家里赶来的？"

程宿看着她，低"嗯"了声，问："头发是不是有些乱？"

"还好。"她黑色的眼睛在认真端详，"完全融入现在的夜晚。"

程宿瞥了眼桌上的空咖啡杯，问蒲桃："怎么没续杯？"

蒲桃说："怕失眠。"

程宿眉峰微扬："明天要早起赶回去？"

蒲桃想说"你猜"，但自己先被恶寒到，只得另换说辞，坦白自己安排："我请了年假。"

程宿似乎不意外："几天？"

"四天。"

一回生，二回熟，他们的沟通比昨天顺畅许多。

蒲桃认为自己表现尚佳，她在努力把自己搬出网络舞台，呈现给现实与当前。

程宿问："也在我这儿待四天吗？"

他说的是"我这儿"，不是"这里"，不是"山城"，好像她已迈入他的地界，成为他临时的所有物。他在不动声色地宣布主权。

蒲桃停顿两秒："如果你没看腻我的话。"

程宿下巴示意地一点："过会儿走之前不妨问问前台那个男孩子，我美式喝了几年。"

蒲桃脸微微红，心扑通扑通跳："我反悔了。"

男人随意的鼻音极动人："嗯？"

"想续杯。"

程宿问："我帮你叫人？"

蒲桃："不要了。"

程宿蹙了下眉："这么善变。"

蒲桃矢口否认："没有啊。在来找你这件事上，我很专心致志一往无前。"

程宿心情显然很好："我是没想到你会来。"

蒲桃说："我也没想到。"

程宿一笑："那怎么过来了？"

蒲桃托腮想了会儿："有东西驱动我，天人交战了半天，最后我的理性细胞还是被感性细胞打败了，不来我会觉得对不起它们的努力。"

程宿心无旁骛地听着她描述。

从始至终他都看着她，看到她害羞、畏怯，心脏微微

蜷出了褶，发起涩来。

因为他的眼睛太勾人了，好像山城此刻的夜气，有暧昧的温度，当然可能也是她的多想与错觉。

所以她说着说着就脸红了，兀自掩面："就很没办法，可能因为我太喜欢你了。"

蒲桃心思黏黏糊糊，声音降低了一度："会打扰到你吗？"

程宿道："是我打扰了你吧。"

蒲桃不放弃揽过："我先招惹你的。"

程宿："我本来可以不回复。"

蒲桃装气呼呼："不准。"

程宿笑了起来，他眼睛的弧度是天上月，云间宿。

现在，他们两个都泥足深陷，谁也来不及反悔。

"好了，过来一趟不是为了开自我检讨大会的。"程宿问，"之前来过山城吗？"

蒲桃回："实不相瞒，第一次来。"

程宿貌似不信。

蒲桃容色诚恳："没骗你，我发誓。"

程宿换回寻常神色："好，我信。想去哪儿？有想吃的店吗？"

蒲桃问："去哪儿都行？"

程宿点了下头。

蒲桃定了定心,看进他眼底,一个原本模糊踌躇的想法变得清晰笃定:"你家,可以吗?"

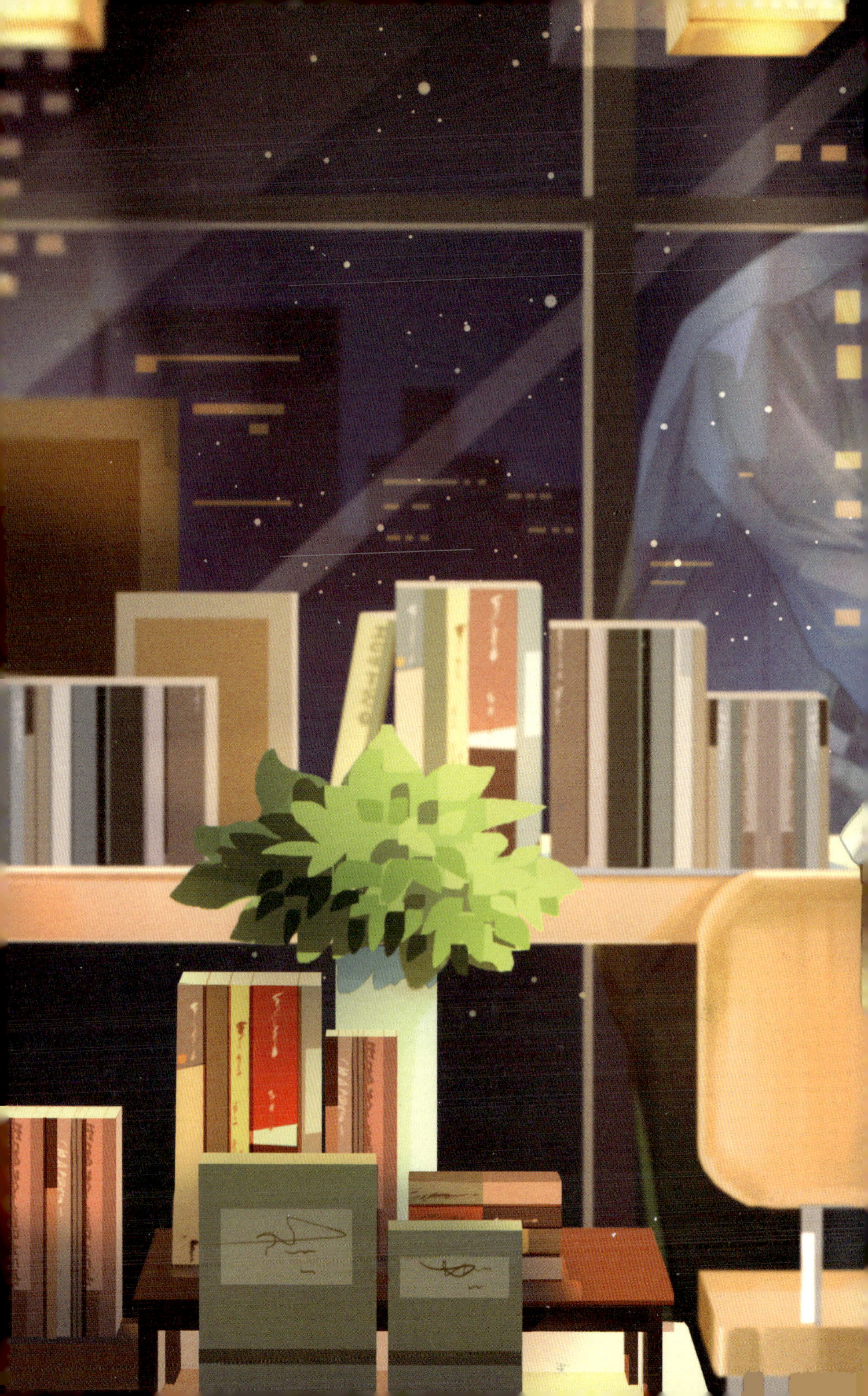

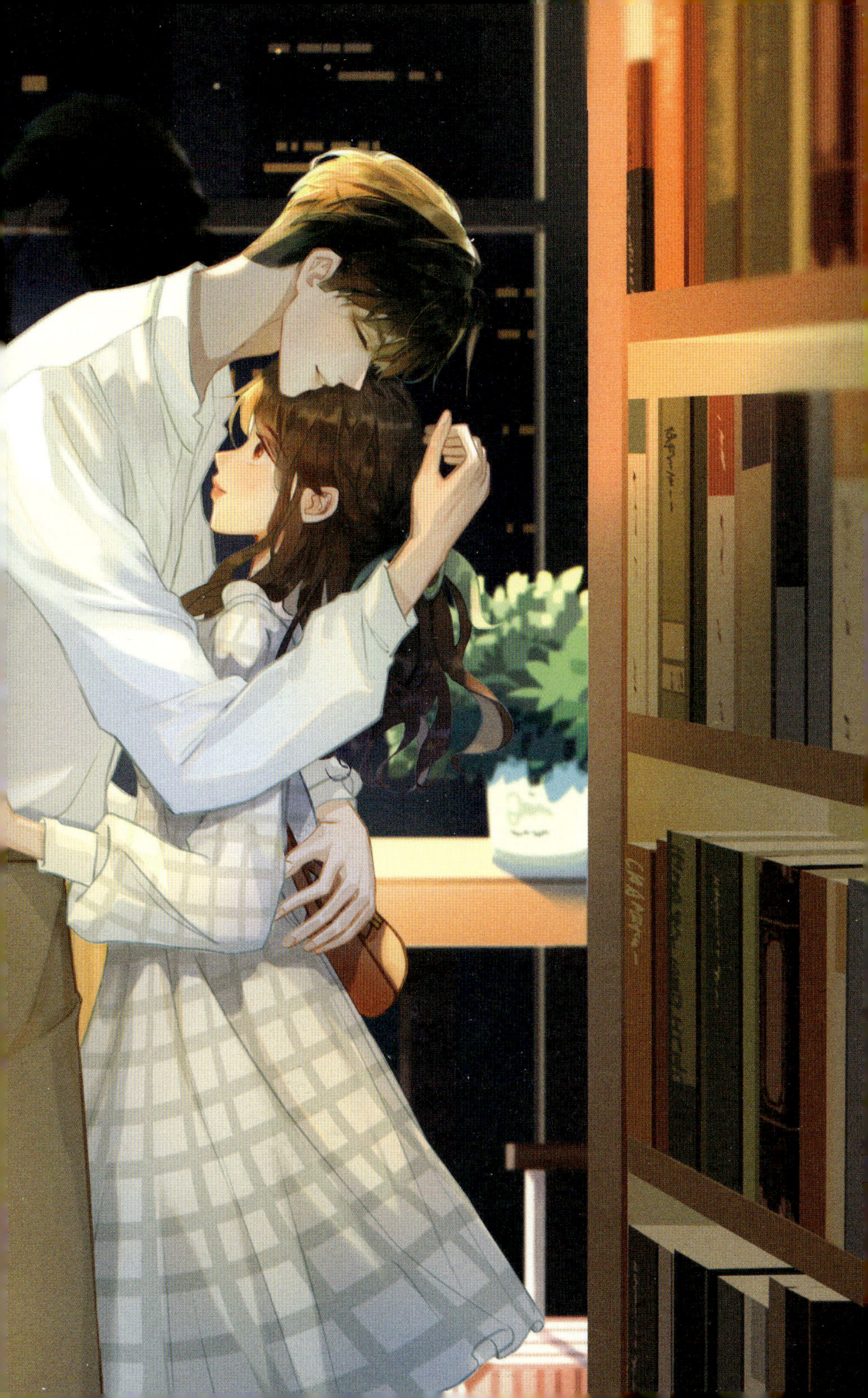

第11章 它是猫，对"狗粮"没兴趣

　　在从心而动来山城前，蒲桃根本没仔细考虑过这个任性假期要做些什么，她单纯只是想见程宿。

　　她以为，见到了就会痊愈，会心满意足，那些铺天盖地的想念也不用流离失所。

　　但现在，她开始渴望从他那里获得些什么或者发生些什么了，她才会觉得不虚此行。这个认知的升级令她高兴，她来到主导者的位置，而不是被动地寻药求医。

　　导火索是那个拥抱，以及程宿动人的声音和眼睛。

　　蒲桃捉到男人脸上一闪而过的诧然，她飞快架出一面掩耳盗铃的幌子："如果你不介意，我想看看大条。"

　　她心跳得很快："它在家吗？我模仿这位女明星很久了，很想拜访一下本尊。"

　　程宿眼底有淡笑："在家。"

　　他总是会被她这些可爱的投机取巧轻易打倒："走吗？"

　　蒲桃睁大了眼："真的可以啊？"

　　程宿："还是再坐一会儿？"

　　蒲桃拿起那本书："走吧。"

　　程宿也站起来，扫了眼她沙发内侧："行李箱给我吧。"

蒲桃弯腰把它提出来，递给他，问："出发前我可以先去个卫生间吗？"

程宿弯唇，示意了一个位置："去吧。"

程宿走回店门，吧台后的八卦小眼神已将他锁定。

程宿被盯得有些不自在，偏过头去警告："别看了。"

丛山趴那儿笑："那女孩儿就是你的网恋对象？"

程宿大方地承认："嗯，怎么了。"

雍靖舒接话："下次帮我开盲盒吧，一出手就是隐藏品质。"

程宿笑而不语。

蒲桃烘干手出来，找到程宿。

吧台后的两双眼睛扫到她身上，均带着促狭笑意。

程宿简单介绍了下。

蒲桃抬手跟他们问好，语气有些生涩，社交从来不是她的长项。

丛山跟她抱歉："不好意思，怠慢嫂子了。"

蒲桃自觉收下这个新身份："没有没有，你帮我提行李我已经很感激。"

丛山歪嘴笑，有种少年特有的坏气："不敢了，再也不敢了，不能越俎代庖，不然要被领导穿小鞋。"

"行了啊，"程宿打断他，"话篓子。"

丛山立即合上嘴巴，请他们慢走。

这是他们第二次坐同一辆车，只是都来到前排。

山城的夜景流晃过去，楼峦交叠，但非那种仙阁琼宇，而有种惑人的妖气。

蒲桃降下车窗，让季风从豁口吹进来，这座城市带着浑然天成的欲感。

一方水土养一方人。

所以程宿才会有这种眼睛？

一路上，蒲桃都在猜这个，同时她也知道了程宿能到场这么快的原因——他的公寓离书店并不远。

车驶入大门前，她注意到小区的名字。

"天空云镜？"她笑起来，"原来你的艺名是真的。"

程宿手搭着方向盘，也跟着勾唇："去年刚搬来的。"

蒲桃问："就你一个人住吗？"

程宿："一个半，大条勉强算半个。"

蒲桃哈哈笑出声。

来到他家，蒲桃反而没昨天去酒店客房紧张。

她即兴确定下来的念头让心里的秤杆找到了安稳与平衡。

程宿给她拆了双新拖鞋。女人的脚意外小，与身高不符，像白色幼鸟被放入空旷的巢。

他关切地问:"会不会不好走?"

蒲桃轻轻弹跳两下:"没关系。"

她四下顾盼。程宿的家,装修得很随性,没有去刻意追求某种风格,诸多元素相辅相成,反倒达成一种和谐融通。

他审美好到令人称奇。

她很喜欢门边那个类似草药柜的做旧鞋柜,蹲身欣赏片刻,好奇地问:"你大学学的设计吗?"

程宿说:"没,我念的金融。"

蒲桃钦佩颔首:"你一定是那种左右脑都发育得很好的人。"

"可能吧。"程宿并不谦虚,"我去找找大条。"

蒲桃抬手拉住他的衣摆。

程宿回头:"怎么了?"

蒲桃直起身体,整个人高了些,只是在他面前依旧娇小:"可以抱一下吗?"

"就一下吗?"他得问清楚。

蒲桃窃笑,仰头找到他眼睛:"如果我请求适当延长,你同意吗?"

程宿没有说话,下一刻,他握住她的小臂,把她拉进自己怀里。

蒲桃心跳得要炸开。

她终于能更真实地感受他的躯体，男性的躯体，他的体温，他的气息，这种严丝合缝真是要人命。她也发现，圈住他的腰，好像更顺手一些。

蒲桃顺势做了，手指在他背后交叠。

她忽然就笑了出来，一声，完全收不住——因为满足，因为找到了自己的据点。

"笑什么？"

程宿声音懒懒响在上方，似乎也很享受此时的温存。

蒲桃仰脸看他："我小人得志。"

程宿垂着眼："小人不会先征求同意。"

蒲桃"哦"了声："学到了，那我下次不问了。"

她黑眸闪闪熠熠，旋即踮脚，猛贴他嘴唇一下，做完连串动作，自己先嗤嗤笑起来，神色得逞狡黠。

程宿完全没料见，这个可爱的小人，这么会活学活用。

他眼底深了几分，嘴唇微动，未语先笑："这是你来我家的真实计划？"

蒲桃点头，那些轻浮的想法在她口中变得真诚："对啊，刚刚路上都在想要怎么操作实践。"

除了满足这姑娘心愿，他想不出能怎么做才更好。

程宿揽住她后背，把她按回来。他应该比她更想接吻，她翕动的唇瓣过于饱满诱人。

程宿含住她下唇，加深这个吻。

蒲桃身体热起来，器官在温水里浮动，脑内五光十色，万物生长。

原来这才是接吻。

她刚才那算什么破烂儿戏。程宿的回吻，是真正的品啄，在动情享用她唇齿的每个部分。

不知是谁的呼吸变重了，抑或两个人都是，他们在沉沦，相互汲取。

蒲桃感觉到体内的异样，紧张起来。

他咬着她的唇，声音喑哑："放松。"

这两个字，不知是沉实的命令，还是低惑的咒语，她被轻易撬开牙关，被降服，被占领。

他的舌尖，是一种温柔的入侵，让蒲桃的颌线不受控地战栗，搭住他背部的手指在蜷紧。她周身水化，急需受力点。

空气变得潮热。

感觉到她站不住了，程宿胳膊夹回她腋下："去沙发？"

蒲桃喉咙哽着，讲不出话，只能点两下头。

他臂弯一紧，随即将她托臀抱起。

片刻失重后，蒲桃陷入沙发里，以半躺的姿态，她确信自己现在一定很凌乱，很失魂。

程宿倾身扣住她后颈,重新吻上她。

程宿一条腿跪着,膝盖抵着她,拇指在她颊边、耳后摩挲。这个动作带着舒适的制约,好像成了他的掌中之物。蒲桃被摸得极其难耐,情不自禁地找到他手腕,想把它拿远,又恋恋不舍。

她微小的抵触仍被他察觉。

程宿停下来,微喘着:"是不是不舒服?"

"不是,"她否认,又改口,"是又不是……"她说不上来,那里有个点,被他的热烈充盈。可能在她潜意识里,还是隐隐担心自己的防线彻底溃败。

蒲桃四肢无力,手勉强支住沙发:"不得不说,你很会亲。"

程宿稍稍后移:"你有对比物?"

蒲桃被噎一下:"没有。"她嘴硬,"至少比我会。"

程宿眼里融了笑:"吻你的感觉很好。"

他的评价有些微妙,蒲桃皱了下鼻:"你把我形容得好像一块蛋糕或者一杯饮料,比如你喝的美式。"

程宿说:"那不一样。"

蒲桃语气像是一跳三丈高:"嗯?原来我不是你最爱的美式哦。"

程宿一直在看她:"你更甜。"

蒲桃被这三个字点穴,没了声音,没了动作。

木头人红着脸,眼光乱瞟,突然发现左侧的单人沙发扶手上有团灰白身影。

它趴坐在那儿,面容不惊,毛色油亮。

程宿也注意到了,随口唤道:"大条。"

猫默契回了声"喵",继续扫视他俩。

蒲桃被它过于淡漠的眼神震住:"它看了多久?"

"不知道。"程宿刚刚全身心投入,的确没留意。

蒲桃单手掩目:"我忽然好羞耻啊。"

"没关系,大条已经绝育了。"

蒲桃抠头,怪抱歉地说:"这样感觉我们更过分了。"

程宿拿开她的手,握回自己掌心,像是一刻也不能远离与她的触碰:"不用担心,它是猫,对'狗粮'没兴趣。"

程宿的话自成逻辑,蒲桃无法反驳,只能看着他笑,不吱声。

程宿往后靠回沙发,忘我而热烈的氛围伴随着这个动作冷却下来。

蒲桃跟着坐正,捋了下头发,后知后觉地害臊起来。

程宿盯着她垂下的、略显无辜收敛的眉眼,忽然笑出来。他短促的笑音总自带"苏"感,蕴含着戏谑之下的纵容。

蒲桃抬眸："你笑什么？"

程宿没直接回答，只问："还没吃晚饭吧，肚子饿吗？"

蒲桃点了下头。

程宿："想吃什么？"

蒲桃摇头。她是选择困难症协会会员外加随便派教众，所以在吃饭方面也不会过度考究。

程宿问："出去还是叫外卖？"他差不多能摸透她犯懒又纠结的个性，"要不叫外卖吧？"

蒲桃："好。"

"火锅？"

蒲桃摆头。

"小面？"

蒲桃问："你今晚吃的什么？"

程宿说："自己做的减脂餐。"

蒲桃挑眼，打量起他："你还需要减脂？"

程宿颔首："以前不太在意，现在有女朋友了，要注意自我管理。"

蒲桃笑盈盈："你就别多此一举了——"她突然好奇，瞟了眼他宽松 T 恤之下的窄腰，"你有腹肌吗？"

程宿又笑了，正欲开口，她自己先红着脸狂摆手："不用回答了！当我没问，有没有都无所谓的。"

程宿正身,手搭回膝盖,提议:"那就别叫外卖了,我给你弄碗小面。"

蒲桃惊讶:"你会做?"

程宿回:"嗯,但肯定不如店里的好吃。"

蒲桃很给面子:"怎么可能,一定很好吃。"

程宿起身,打开电视机,把遥控器递给她:"放低你的期望值。"

蒲桃点点头,煞有介事:"哦,那我把'很'字去掉,一定好吃。"

程宿被逗笑,在她头顶揉了下,拐出沙发,长腿途经大条时,也在它头顶揉了一下,叮嘱道:"我去厨房,替我陪会儿客人。"

大条充耳不闻,冷漠地瞥他一眼。

程宿顿足,蹙了下眉:"'喵'呢?"

大条:"喵。"

蒲桃惊奇:"它听得懂你讲话?"

"大概。"程宿看了看她,走去厨房,留下面面相觑的猫与桃。

蒲桃悄然靠近这只脸圆圆眼圆圆的美短猫咪,小声问:"你能跟我喵一下吗?"

大条:"喵。"

"哇！"蒲桃受宠若惊，"这么自来熟的吗？"

大条不再理睬，黄绿色的眼睛像玻璃球似的，散漫地瞧着她。

蒲桃扫了眼厨房位置，男人正侧对着她，敛眼切着什么，专心致志。

这种自然而然的烟火气，忽然就让她有些动容。

兴许是察觉到她的注视，程宿也偏过头来，他原本没有丝毫情绪，看起来漫不经心的面孔，却在他们目光相触的下一刻柔化起来。

他启唇问了句话。

这几个字，被抽油烟机的动静模糊，蒲桃并未听清，可意外的是，她能读懂他口型：有事吗？

蒲桃猛摇头。

程宿淡笑了下。

蒲桃觉得，这是梦中才有的画面。

程宿好像一个活在幻想与憧憬中的男人，无可挑剔，美好到不真实。是夕阳下的潮汐，即使意识到暗夜将至，但仍会贪念这抹橘光的温暖。

无端地，蒲桃缩起手脚，捏紧遥控器，担忧不当心踢到茶几，她就要醒过来了。

她看了眼大条，这只猫还看着她，它眼睛是有情绪的，仿佛能随时开口讲话。

蒲桃问:"现在这一切是梦吗?"

大条仍是一座"银虎斑冰山"。

蒲桃笑:"不是梦就喵一下。"

大条:"喵。"

蒲桃笑出一排小白牙。她算是知道了,"喵"就是个指令,大条总能给予回应。

平时的程宿就这样,一人一猫在家对喵?不然大条为何如此熟练。

蒲桃脑补了下,觉得可爱又好笑。她开始效仿自己的想象,对着大条:"喵。"

大条是一只"识趣猫",她话音刚落的下一秒,它就搭腔喊:"喵。"

成就感满满,蒲桃得寸进尺探手:"让我摸一下好不好?"

大条:"……"

"同意就喵。"她忍不住作弊了。

"喵。"

蒲桃要被这个面冷实乖猫萌化,学程宿那样,在它脑门儿上抚了一下。

半个小时后，程宿关掉油烟机，在厨房叫她："蒲桃。"

他这次声音清楚了许多，蒲桃撇开怀里的抱枕，也提声回应："嗯？"

"在哪儿吃，茶几还是餐桌？"

蒲桃："都可以。"

程宿单手端着面碗出来："到餐桌来。"

"噢。"蒲桃忙趿上拖鞋，跟上他。

男人虽面色自如，但面碗热气腾腾。她停在桌边问："很烫吧？"

"还好。"程宿下巴微抬，"坐。"

蒲桃忙坐下："嗯。"

程宿把一双胡桃木筷子递给她，奇怪："怎么总这么拘束？"

蒲桃也很烦恼："我比较遵守社交礼仪。"

"当自己家吧。"

"啊？"

"当自己家。"

蒲桃不是没听清，只是觉得这句话歧义很大，是寻常的待客之道，但也潜藏着更深层次的意义，譬如，已经默认她是家属。

原谅她恬不知耻地多想、蒲桃窃喜着。

但她没有多问，只"嗯"了声，低眸打量桌上的小面。

男人的摆盘很用心，油辣子、豌豆黄、青菜叶三分天下，花椒面点缀其中，浓汤将面浸透，鲜香扑鼻。

大条显然也嗅到香味，不知何时已经踱来这里，在桌腿徘徊，蹭着他们小腿。

蒲桃咔哒咔哒夹两下筷子，食指大动，夸赞："感觉自己当初的便当图就是班门弄斧。"

程宿在她对面坐下："下碗面条而已。"

蒲桃嘬了几根，细细品尝。

程宿问："好吃吗？"

蒲桃颔首："超级好吃，比我在蓉城店里吃到的好吃，有没有山城店里的好吃就不知道了。"

程宿一言未发，任笑意爬上眉梢。

他一直在看她，她不得不吃得有些"端着"，刻意的表情管理，致使她面部开始麻痹，她单手搓了搓额，继续吸面条。

程宿以为她出汗，抽了张纸送过来。

蒲桃愣了下，解释："不是热，是你老看着我，我紧张。"

"好了，我不看了。"程宿取出手机。

蒲桃偷偷抬眼，他果然不看她了，拇指在滑屏，鼻骨有种近乎欧式的峻挺，但他上眼皮微带着褶，眼尾是古典的长,恰好中和了这份过于凛冽的上庭。

怎么长的啊。蒲桃感叹。

倏地,男人挑眼看过来,蒲桃飞速低头扒面。

程宿搁下手机,环臂倚到椅背:"就准你看我,不准我看你?"

蒲桃吸溜咽下最后一根面条,嘀咕:"谁让我是驰名双标。"

"嗯?"他假装没听清。

蒲桃嗓音稍抬:"我是驰名双标。"

"哦。"程宿顿了下,"我发现你声音总是很小。"

蒲桃搭腮:"因为不好听。"

程宿说:"有吗?"

蒲桃:"有啊。"

"我不认为。"

蒲桃顺其自然接话:"你情人眼里出西施。"

程宿做大悟状:"这样啊……"

蒲桃想起他第一次给自己发的那条语音:"我一个女人的本音还不如你一个男人的伪音。"

程宿道:"伪音只是兴趣,并不实用。"

蒲桃好奇:"怎么做到的?"

程宿:"利用好气息就行。"

蒲桃当即双手合十,现场拜师:"教教我好不好,我也想声音变好听。"

程宿挑了下眉:"想学?"

"嗯。"蒲桃努嘴,"我二十四岁的愿望就是告别自己的公鸭嗓。"

程宿:"今年生日过完了?"

"还没,先提前许愿。"

程宿笑。

"过来。"他拖了下一旁椅子。

蒲桃马上屁颠屁颠坐过去。

程宿与她对视:"讲句话听听。"

"讲什么?"

"可以了。"

"……"

"声音不是天生的,"他说,"你咽部或许太用力了。"

蒲桃洗耳恭听:"要怎么改善?"

"试着叹气。"

"唉!"

程宿纠正:"不是唉,是吸一口气,自然地叹出来。"

"唉……"

"对了,现在用这种叹气的方式发出,哦……"

"哦。"她努力依样画瓢。

程宿顿了下:"怎么这么可爱啊你。"而后再次耐心示范,"看我,唉……哦……"

他声息低敛,又带着一股子摄人心魄的释放感,微妙得很,蒲桃听得有些面热上头。

撇除满脑子黄色废料,蒲桃专心学习,重试一次:"哦……"

"对,用你的气息带动你的声音,放松喉部,再来一次。"

"噢——"

"不对。"

蒲桃脑壳痛:"好难啊。"

"对你是有点儿难。"程宿想了会儿,"知道腹式呼吸吗?"

蒲桃眼睛一亮:"这个我知道,健身时有用到。"

程宿点头:"嗯,会吗?"

蒲桃:"好像会……好像又不太会,主要是没有认真研究过。"

"像我这样,缓慢吸入气体,气息下沉,感觉到腹部鼓起。"程宿说完,演示给她看。

蒲桃跟着做。

"摸一下小腹。"

蒲桃脑子一下没转过来,手覆上男人小腹,贴在了那里。

"……"

程宿一下泄气,胸腔振出低笑:"谁让你摸我腹部了?"

短暂停顿过后,蒲桃反应过来,疾疾抽回手,死按自己肚子,像是要把那些心慌慌摁回去。

程宿问:"感觉到了吗?"

掌心存留感强烈,蒲桃暂时丧失感受和思考能力:"嗯?"

程宿莞尔:"有腹肌吗?"

Know you

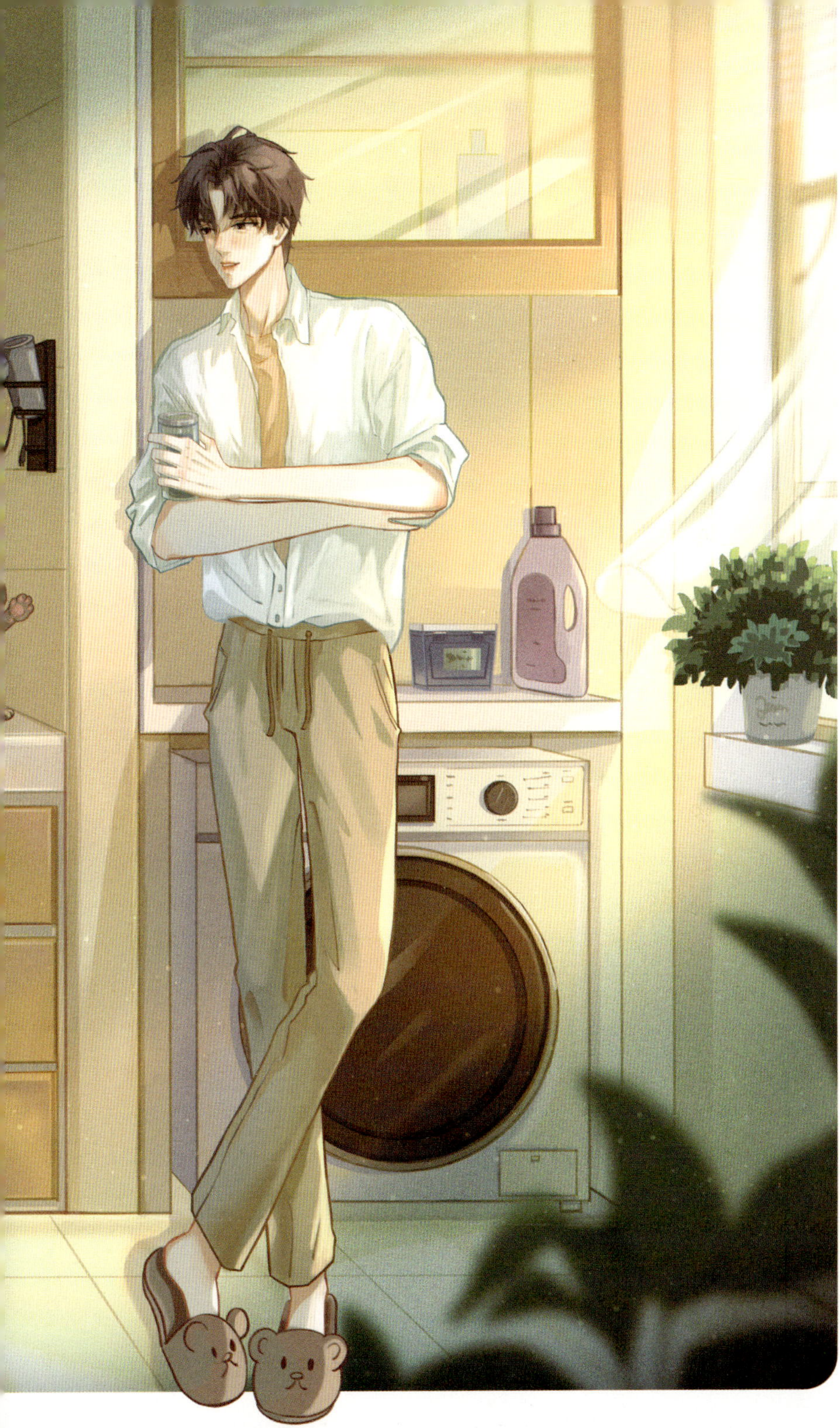

第12章 香喷喷的，可以亲了

这样直白的提问，一时让蒲桃不知讲什么好。

她无意触碰到他品质可观的腹部，以至于心脏也跟着发硬发紧。

程宿眼神平静，等待她的答案。

蒲桃只能学某位女星讲话："隐隐约约有感觉到啦。"

他笑意在加深："不再确认一下？"

蒲桃拖长了声音："不用了——"饶了她吧。

这个男人，总有一千种方法逗她。即使面前只有他一个人，她都有种被公开处刑想要钻地洞的羞臊。

程宿不再拿她取乐："还学吗？"

蒲桃用手扇风："还是停课吧，我知难而退。"

"这才到哪儿。"

"我学渣，班级倒数，你粉丝里的吊车尾。"她佯装自暴自弃。

程宿手随意搭着："那就保持住本来的声音，也不要觉得不好听。"

蒲桃望向他，瞳仁黑亮："程老师，你会不会觉得我太容易半途而废了？"

程宿皱眉："你还有半途？脚尖都没过起跑线。"

"哎呀——"蒲桃彻底耍无赖，"家里有个声音好听的就行了，不然我为什么找你，还不是为了提高下一代声音基因。"

"是这个原因？"

"嗯，"蒲桃抿了下唇，"是不是考虑得有点儿远？"

程宿安静几秒："我该怎么回答？"

蒲桃生出危机意识，忙不迭道："不用回答了。"

程宿轻描淡写，却挡不住话里有话："远近取决于你。"

"别说了，快别说了……"大意给自己挖了坑，蒲桃此刻只能无措掩回去，"当我没说没问。"

程宿不语，只是也绷不住了，笑了出来。

…………

哼，就整天逗她吧。

站在莲蓬头下，蒲桃任由温水冲过发端，好洗去自己那些诡谲又旖旎的遐想。

她，蒲桃，二十四岁这一年，终于在非亲戚的男性家中淋浴过夜，尤其这个男人从头到脚由内而外都非常性感、秀色可餐。

妈啊，主啊，老天爷啊，给她点指引吧。

蒲桃双手搓脸，只觉得浴室的热气将自己盈满了。她的全部胆量在索抱和强吻程宿时提前透支，此时的她，又变回那只惊弓之鸟，如影随形的尿鹌鹑基因重新发挥效力。

她不敢提出更多想法，一是自己又慌又怕，二是担心程宿因此改变对她的看法。

可主动要求来他家已经不折不扣地暗示了啊。

蒲桃也不知道程宿的具体态度，但在她进来洗澡前，他曾安排她留宿客房。

好像没那个那个的打算。

这样的话……

等会儿出去之后跟他说声晚安就回房间，安然无事度过这一夜好了。

必须把持住自己！蒲桃暗自告诫，抹去镜面上的水雾。

里面的女人完全卸去脂粉，面色被水汽蒸红，只有镜灯在为她打光提亮。

蒲桃想了想，从化妆包里掏出粉饼，仔细拍完全脸，又凑近看，薄薄一层，应该不是太能看出来。

带妆睡就带妆睡了，反正一晚而已。

她自我安慰着，下一秒闭了闭眼，又无语否定自己：不是……只是一个人睡，还要盖什么粉啊。

不管了。

蒲桃把心一横，套上睡衣，去取收纳筐里换下的衣服，中途，她手一顿，垂眼盯了会儿里面那身煞费苦心的成套内衣，而后闹心地搓了搓额角，开门走出卫生间。

程宿正坐在沙发上给大条喂零食，听见响动，回过头来，问："好了？"

蒲桃顿足，"嗯"了声，脸上带着可疑的红晕。

她不自在到极点，只能做些小动作来掩饰这些心猿意马，比如随手扒拉一下头发："阳台可以洗衣服吗？"

程宿怔了下："直接扔洗衣机吧。"

蒲桃停顿几秒，艰难启齿："还有……内衣……"

程宿也不讲话了。

片刻，他说："阳台还有个挂壁的mini洗衣机，你放那里面洗，如果不介意的话。"

"内衣我还是手洗吧。"蒲桃说完连忙解释，"绝对不是介意的意思。"

程宿抱开大条，站起来："我陪你去。"

蒲桃当即揣紧手里的东西，怕露出半分越界迹象："不用了，你跟大条玩。"她指着一处显而易见的位置，"阳台在那儿，我知道的。"

程宿没有再走过来："嗯。"

"好，我去了。"她趿着拖鞋一路小跑，不，逃跑。

安全距离。

保持好安全距离。

就算程宿坐怀不乱，她也无法保证自己不会鬼迷心窍。她也是理论经验很丰富的人好吗！

晾好衣服，蒲桃在落地窗前站了会儿，深呼吸，缓释情绪。

脚下山城流光溢彩，她还发现，她所在的位置能够看到双子塔，高高矗立，闪烁着某位明星的应援。

确认自己心无杂念四大皆空，蒲桃才慢吞吞走回客厅。

程宿正好从自己卧室出来，手里拎着衣服，估计也是要洗澡。

四目相对，他们都停了下来。

蒲桃愣了一下，费劲镇压回去的遐思又开始破土滋长。

她咽了下口水，努力使自己声音没有多余波动："我去休息啦。"

程宿弯了下唇："好。晚安。"

他的神态跟语气，可以说是格外无害，叫人感受不出一丝邪念，蒲桃要"锤头凿脑"了，看来胡思乱想的只有她一人。

蒲桃也说了句"晚安"，而后与他交错，走回自己客房。闭门前，她悄悄从罅隙往外瞄了眼，男人在往卫生间走，身姿修长。

关上门,蒲桃长舒一口气,好像终于从密室脱身。

她不敢松懈,端坐到灰蓝色的床头,拔下充电宝,改换插头充电。

两手搭着屏幕,蒲桃心不在焉地刷着微博,实则留意外面动静。

男人洗澡都这么快的吗?

她感觉没过多久,程宿就走出了卫生间。

随后,她听见他跟大条说了几句话,门板隔音效果太好,她并不能听清,之后,男人好像就回自己房间了。

只跟她隔着一堵墙。

蒲桃总算能耷拉肩膀,小心将双腿搁到床上,坐姿因此放开了许多。

这时,手机忽地振了振。蒲桃急不可耐地解锁摁开,随后唇畔上挑,这时候找她的,肯定只有隔壁那位。

程宿:床还习惯吗?

蒲桃屈起腿,将膝盖抵到下巴,单手戳字:我不怎么认床的。

程宿:那就行。

蒲桃不喜欢冷场:不过我可能还是会失眠。

程宿:因为喝了咖啡?

蒲桃透露真实心声:因为第一次在男人家里过夜。

程宿：害怕就把门锁好。

蒲桃想他一定在开玩笑：你是我男朋友，有什么好怕的？

程宿：呵。

这个"呵"字用得颇为微妙，愣是让蒲桃品出几分不大相信的意思。

心思被一捉一个准，蒲桃侧了下头，换脸颊磕膝盖：笑什么，我以前又没谈过恋爱。

她鼓足勇气阐述更多：你让我睡客房，是不是也觉得我们才确立关系，不应该马上睡一起。

程宿回：是不鼓励。

蒲桃试探着，心微微皱缩：如果我说我想过，你会不会觉得这女人很轻浮？

程宿：我无法回答。

蒲桃宛若捉住他小辫子：看，你就这样觉得。

程宿：因为我也想过。我设身处地想了想，如果我这么做，你一定会认为我不可靠。

蒲桃矢口狡赖：我没有！

她递出证明：至少我没有把门上锁。

程宿：建议换个话题。

蒲桃：嗯？

程宿：再聊下去影响睡眠质量。

蒲桃秒懂他的话外音，掩唇窃笑，心里有个小人在捂脸狂窜：男女朋友聊这些很正常，尤其在共处一室的情况下。

程宿：嗯。

蒲桃：不过我们都共处一室了，为什么还要用微信聊天？

程宿：你会比较自在？

蒲桃：但我不想当一辈子的虚拟恋人。

那边不再回复，少顷，门忽然被人叩响。

蒲桃心猛烈跃起，仿佛卡在嗓子眼儿，以至于声音都有些慌张与干涸："怎么了——"

"出来。"程宿语气自在，听起来全无不妥。

蒲桃攥住手机，紧张得要死了，但还是做足面子工程以牙还牙："为什么不是你进来，我又没锁门。"

下一刻，把手一动。

蒲桃吓到下意识地抱成团设防。

程宿见状，一时失笑。

叫她出来嘴硬，真如她所言进门，又秒变这副尿包样。

蒲桃扬脸，飞速下床站定："找我什么事？"

他看着她："过来。"

蒲桃走近两步，还隔着段距离："嗯？"

程宿待在原地："演绎乡愁呢。"

蒲桃被他的吐槽逗笑，抿了抿唇，继续上前，还未完全到他跟前就被一把扯入怀里。她清楚感受到他胸腔一阵起伏，似乎在无奈呵气："抱会儿你实实在在的男朋友。"

蒲桃贴在他胸口，唇角上扬，再上扬，圈紧他后腰。

程宿倾了下上身："你身上什么味道？"

"嗯？"蒲桃垂脸四处找。

程宿单手把她下巴抬回来："用什么洗的？"

蒲桃完全看进他眼底："应该是……你的沐浴露？"

程宿轻掐住她双颊，认真道："第一次发现这么好闻。"

蒲桃忍不住笑，又撇不开他的制约，只能用嘟嘟嘴咬字不清地控诉："放手嗷。"

"好。"他低声应着，上身倾压下来。

嗯。

手是放开了，嘴又被堵上了。

较于刚刚那个玄关吻，这一刻的程宿更多了些主动，蒲桃清晰地感觉到他的试探，进而掌控。

蒲桃不得不挽紧他腰身，男人的手指有魔力，她想，她可能成了一块轻黏土，可以被搓捏成任何形状。

所以，什么时候纠缠到床上的，她印象全无。

施加过来的重量并不唐突,相反恰如其分,她不知如何安放的情绪有了落脚点,驶向计划之内的车站。

程宿的低喘太醉人了。

蒲桃情不自禁地圈住他的脖子,注视着他逆光的黢黑眼睛,那里浓如深漩,也如黑洞,她在迷失,一脚踏空。

可能是她的眼睛过于明亮,脸蛋红成一片的样子太可爱,程宿撑起了上身,俯视起她来。

蒲桃被他看得不自在起来:"你在看什么?"

程宿说:"看你。"

蒲桃突然有了偶像包袱,稍微昂高下巴:"我这会儿有双下巴吗?"

程宿仍在端详:"没有。"

蒲桃摸摸他脸颊,心里做好打算:"你今晚想不想睡客房?"

"看你意愿。"

蒲桃抿唇,哼了声:"我在你直播间提前支付过'补偿'了,你最好尽快兑现。"

程宿笑了一下,倾身封住她嘴唇。

…………

房内冷却下来,两人相拥着,都如在热浪里滚了一遭,汗水淋漓。

蒲桃称心埋在他胸膛，偷偷笑，最后越笑越开，以至于笑出了咯咯声。

"笑什么？"程宿摸着她脑后头发。

蒲桃胳膊搭在他腰上，感慨万分："好爱你啊。"

程宿被她突如其来的告白唬住，闷笑："我看你就是爱我的身体。"

蒲桃仰头，脑袋直击他的下巴："不行吗？我这是在夸你。"

程宿避了一下，整个被取悦。他将手圈过去，在她胳肢窝挠了一下。

蒲桃顿时激起一身鸡皮疙瘩："不要，我怕痒。"她假意求饶，反手偷袭他。

程宿动了动，制住她作恶的小胳膊。他压低声音，与她耳语："别招我。"

蒲桃缩起脖子，挑唇问："我今天表现怎么样？"

程宿说："还不错。"

"像新手上路吗？"

"像。"

"后半程呢？"

"有一点进步。"他口吻刻意，如导师般威严。

"啊……只是一点吗？"她有些不服气，"程教练，你要不要再检验一下学习成果。"

程宿低眸,从他的角度来看,她仰头眼巴巴瞧他的样子,是无辜引诱,又欲又纯。

他喉间涌动一下,扳下她肩头,重新欺身过去。

大条不是只夜猫,这一晚它完全没睡好,可恨的人类,真是擅长制造各种奇怪声响。

蒲桃睡到了自然醒,起床时已日上三竿,身旁已没了人,床褥上过量的褶皱是昨夜留下的痕迹。

蒲桃面上浮出一丝赧色,她双手捂住,仅剩嘴唇露在外面,不能自已地发笑。

她侧了个身,摸到手机,先是看了眼时间,而后拨通程宿电话。

她不想通过大喊大叫来辨认他的位置。

电话很快被他接听:"醒了?"

蒲桃缓和着要破口而出的笑意,怕自己的嘚瑟太堂而皇之,有些不矜持。

见她安静着,程宿:"嗯?"

蒲桃终于开口:"你在哪儿?"

程宿说:"客厅。"

蒲桃问:"几点醒的?"

"八点多。"他说,"生物钟就这样。"

"怎么不叫我?"

"想让你多睡会儿。"

程宿问:"肚子饿吗,我叫吃的。"

蒲桃提议:"我们出去吃吧?"

程宿:"那你起床收拾。"

蒲桃得寸进尺,不为所动,平摊在床上撒娇:"《钟情》里面的女主角初夜之后就下不了床。"

程宿哼笑,从沙发上站起来。

听见门锁动,蒲桃火速用薄毯蒙头,躲里面欲盖弥彰。

程宿走了进来,停到她床边,居高临下:"你也下不了床了?"

因为毯子的阻隔,蒲桃声音嗡嗡:"还没试验。"

程宿掀掉毯子,直接把她捞抱起来。

蒲桃得偿所愿,自觉跟树袋熊一样挂到他身上。

他倾低颈项亲她一下。

一夜过后,这种简单的啄吻依旧能让她心颤,她脸一下热了。

程宿留意到她的羞怯,她的外强中干,不禁有些心猿意马,他弯了弯唇,再次找到她的唇。

蒲桃咬紧牙关,口齿不清地抗拒道:"我还没刷牙。"

程宿不再勉强，直回上身，把她放到盥洗室。

落地后，蒲桃抽出牙刷，挤好牙膏，一抬眼，男人的上身与面庞仍停留在同一片镜面里。

蒲桃有些不自在："你不用一直陪着我，继续去忙你的事好了。"

两人在镜子里有了目光接触，程宿说："我没事。"

蒲桃轻轻"哦"了声，连点两下头。

余光里，男人还是在看她。

哎呀看什么啦！蒲桃有些无措，顶着满嘴泡沫道："老看我刷牙干吗？"

他讲冷笑话："看标不标准。"

蒲桃鼓了下腮帮子，手上力道加重，把刷头使得嚓嚓作响："我可是严格遵守巴氏刷牙法。"

程宿脸上有笑意浮现。他也奇怪，怎么就是看不够，睡前在看她，醒了也在看她，起床的原因无他，担心自己一个没忍住，要把睡美人亲醒。

蒲桃漱完口，又仔细洗了下脸。

再回头，程宿还是站在原地，她嚷嚷："不无聊吗？"

程宿眉梢略微挑动一下："不啊。"

蒲桃捋了把沾有湿气的碎额发走到他身边，说："我好了。"

程宿"嗯"了声。

见他没动作，蒲桃嘟了下嘴："香喷喷的，可以亲了。"

程宿瞬时笑了。

他抱臂逗她："谁说我要亲了。"

蒲桃瞪他一眼："那你在这儿等老半天。"

"谢谢提醒，我本来都没想到。"

"少来。"

他明明心知肚明，还在这儿装样。

程宿笑着低头："张嘴。"

蒲桃像个要被检查扁桃体的老实小孩儿："啊——"

程宿手覆到她颔角，迫使她头抬得更高了些，他审视片刻，假模假样地诊断道："嗯，是没蛀牙。"

蒲桃别开脸，捶他胸口一下："你好烦哦，要亲快亲！"

程宿不跟她闹了，俯身含住她的唇瓣。

这是他们第一个早安吻，虽然发生在午后，虽然有点漫长，难舍难分。

I want to know you

第13章 我现在就想见你

下午一点多,蒲桃才收拾好,准备出门。她少见地穿了条连衣裙,蓝白碎花,法式领口露出大片的锁骨与肩背,像是纯净的雪野。

在玄关换好鞋,蒲桃忽地向前迈出两步,转了个圈,裙摆瞬间旋出一朵花。

一旁等她的程宿勾唇:"干什么?"

"好看吗?"蒲桃定定望向他,"本来是想第一次见面那天穿的,但我觉得太隆重,有点不好意思。而且我平时几乎不穿裙子。"

"现在敢穿了?"

"对啊,因为知道对方会关注我穿了什么,"她微微挺胸,"所以盛装打扮也不会奇怪。"

程宿面色不自觉地柔和起来。

他怎么可能不被她吸引。

她生性浪漫,亦有童真,仿佛舞会上轻灵出挑的民间公主,只一眼,伊丽莎白就渗透了达西的灵魂与人生。

程宿走过去拉她,指缝密扣。

蒲桃被他牵着往门边走:"怎么不回答?"

程宿低头："我回答了。"

蒲桃顿了顿，眉心起皱："我怎么没听见？"

程宿说："如果你那天穿这条裙子，我不会有那么好的耐心。"

他的好音色能给任何情话镀上一层超导材料，蒲桃被电到，唇角飞速上翘，说："可一上来就牵手的话，好像是非礼。"

程宿突然停足。

下一秒，她被架上门板，背对着他。

程宿鼻尖似有若无蹭过她耳朵，压低声音："牵手算什么非礼。"

感觉到蒲桃后颈猛一下挛缩，他无声笑了下，放过她。

蒲桃如蒙大赦般剧烈呼吸，回头控诉："你吓到我了。"

程宿看着她，眼神安分，仿佛不是方才危险氛围的制造者。

蒲桃不满道："这么强势性感，我心跳得差点要死了。"

程宿摇了下头："有些话不用明说，容易破坏氛围。"

蒲桃疑惑："男人不是都爱听夸吗？"

程宿但笑不语，而后拉她走出家门。

电梯里，程宿接到一通电话，是雍靖舒的丈夫，在撺掇他约局，被程宿三言两语绕进去，成了主动坐庄的那位。

挂断通话后，他偏头看蒲桃："还记得昨天书店那个女人吗？"

蒲桃回忆了下："前台那个？"

"对。"程宿说，"她先生是我发小，刚刚打电话来说要请我们吃饭。"

蒲桃抬起眼。

程宿神态温和，没有半分勉强的意思："你想去就去，不去我就拒了。因为可能不止他们夫妻俩，还有几个熟人，说是要玩桌游。"

蒲桃吸了口气："也不是不可以，可我怕给你丢脸。"

她问："玩什么？"

"不出意外是'狼人杀'。"这时，电梯门开了，并排走出去后，程宿才开口，"玩过吗？"

蒲桃点点头："玩过。"她线上线下都玩过，还算拿手，丢人应该不至于。

"想去吗？"程宿知道社交非这姑娘强项，担心她不自在。

蒲桃倒是脑补到更深层的意味："如果我去的话，就相当于在你朋友圈公开了啊。"

程宿骨节分明的手，惬意地搭着她的手："这又是什么说法？"

"这样一来的话，大家都知道你有个女朋友，就不好轻易结束了，不然结束的时候还要再逐个告知，很麻烦的。"

"嗯。"他淡声质询，"你准备什么时候跟你朋友介绍我？"

蒲桃笑起来，眼弯弯："看你表现啰！"

程宿闻言，伸手拽了下她马尾辫。

蒲桃忙扶稳，以防头发四散："你幼不幼稚啊。"

她一手圈住，另一手扯下皮筋重扎。

程宿叫她："蒲桃。"

女人抬起头来。

程宿躬下身，蒲桃脸下意识地后躲，成功避开他偷袭。

程宿不解地"嘶"了一声。

蒲桃扬眸，急速眨眼，装完全不知情。

对视片刻，程宿重新平视前方，唯有唇畔的自讪弧度是刚刚偷袭未果的证明。

…………

蒲桃从未想过，自己恋爱的第二天，就能跟开挂跳级生一般一脚跨入男朋友的好友圈。

尤其这个男朋友是程宿。

所以，面对着一桌年龄相仿的男女，恐惧都变得微不足道，完全能被成就感淡化。

她更多地体会到一种荣耀，有如被授予闪闪发光的勋章，就别在胸前，颁发人是程宿，在场所有人都是他们精妙绝伦爱情影片的见证者。

　　从程宿为她拉出椅子的时候，序幕就拉开了，女主角亮相。

　　蒲桃如此安慰自己，还算从容入座。幸而，右手边是程宿，左手边是有过一面之缘的雍店长，还算眼熟，她不至于更不自在。

　　雍靖舒和气地同她寒暄："又见面了，蒲小姐。"

　　蒲桃莞尔："叫我蒲桃就好。"

　　"好。"雍靖舒微微一笑，拍了下身边的人，"这是我丈夫。"

　　"我知道，程宿的发小。"

　　男人投来友善的一眼。

　　雍靖舒也递来茶水单，跟丈夫打趣："看来蒲桃还是做了功课来的。"

　　蒲桃脸微热，垂眼翻阅起来。

　　程宿在跟身边几个朋友说话，余光一直留意这里，见他家这株怕见光的含羞草又半蜷起叶片，忙靠过来护短："你们别为难她。"

　　雍靖舒叫冤："谁敢为难你程老板的心肝宝贝。"

程宿一言未发，只让"知道就好"的情绪流淌在脸上。

他视线重新回到蒲桃身上："点单了吗？"

蒲桃慢慢扫着饮品名录："还没。"

"慢慢选，我跟你一样。"他不介意妇唱夫随。

蒲桃听话地应了声。

他肆无忌惮秀恩爱的举动，引来满桌人的作呕与揶揄，逮准了要拿这对情侣取乐。

程宿假意呵责两声，并无效果，反而换来更加嚣张的戏弄。

蒲桃掩唇窃笑起来，这个人，跟朋友相处应该是没什么脾气，所以大家才这样肆无忌惮。

接下来的"狼人杀"环节，蒲桃的表现令众人刮目相看。

她瞧着清清白白、文文静静，却是个玩弄人心的个中高手，一张小嘴叭叭地说，张弛有度，有理有据，适时还会跳假身份操控局面，以至于完全反转。

到最后，有程宿朋友哀号提醒："程宿你女朋友不简单，你最好小心点，谨防上当受骗。"

程宿倒有些骄傲，懒散纵容地应付道："骗就骗吧，认了。"

新的一轮，程宿主动请缨当法官。

雍靖舒重新洗牌，分发给大家。

等所有人看完牌面，程宿起身，开始主持游戏。

蒲桃拿到的是Q，女巫身份。

游戏开始，满室静谧。

"天黑请闭眼。"

程宿的嗓音总自带画面感，不紧不慢，自耳膜沁入五感，以至于大脑也跟着空灵，变成一方积满月光的庭院。

"狼人请睁眼。"

"狼人选择杀一个人。"

"狼人请闭眼。"

....

"女巫请睁眼。"

蒲桃完全沉浸其间，一时忘了自己的处境。

程宿一扫全桌，蹙了下眉，重复："女巫请睁眼。"

他加重"女巫"二字。

蒲桃这才拉响警铃，火速瞪大眼。

程宿敛目，总算找到这个迟钝的小女巫。

他注视着她，唇在动："你有一瓶毒药，还有一瓶解药，可以毒死一个人或救一个人，你有要毒的人吗？"

蒲桃摇头。

程宿又道："昨夜被杀的是他，请问要救吗？"

蒲桃顺着他指的方向看去，仔细辨认着那人的姿势与表情，最后轻微摇两下头，目光却格外笃定。

她闭上眼，调整回开始的神态。

程宿盯着她的睫毛，内心叹息，这女人，确实有点东西，竟一眼看出自刀狼。

搞不好真的智商180，是他被坑蒙拐骗成了瓮中之鳖。

思及此，他又问："请问要救吗？"

蒲桃再度睁眼，有些不明就里。下一刻，男人的气息裹盖过来，唇上最为强烈。

尽管一闪而过，蒲桃还是被激得心猛跳不止，她摸着唇，错愕地环顾全场，幸好大家都很老实，无人偷望。

极尽的安静，极尽的刺激，他居然趁机咬她，还认准她不敢声张。

蒲桃眼睛黑白分明，气势汹汹地瞥向罪魁祸首，磨牙霍霍。

程宿无声笑着，而后正经提醒："好的，女巫请闭眼。"

蒲桃心不甘情不愿地闭上眼，连鼻子都皱紧。

发生得太突然，她的心率完全降不下来，怦怦的，似万人角逐的篮球场。

接下来这一轮，她的心完全乱了，无法合理判断，发言也颠三倒四，词不达意。

都怪他！

大家对她的发挥失常颇有微词，说她在韬光养晦，装小白兔准备下一局一网打尽。

程宿全程看着她，眼底笑意散漫。

蒲桃双手盖头，跳进黄河也洗不清。

为什么，为什么，她才是手持药瓶的人，却被他毒哑，说不好一句话。

蒲桃待在山城的四天，只能用"没羞没臊"四个字来精准概括。

程宿每一天都在陪她，两人无时无刻不黏在一起，撕掉那层刻意矜持的真空伪装，她尽情享受着情人间的全部互动。她成了程宿的挂件，还是缝他身上的那种，针脚密实，每一分，每一秒，她都不想跟他有超过半米的间隙。

八号下午，蒲桃年假迎来尾声，她不得不告别这段"罗马假日"，踏上归途。

程宿本打算自驾送她回去，考虑到走高速也要四个钟头的车程，漫长又辛苦，她还是买了高铁票，她甚至都不让他送行，叫他好好待家休息。

无奈男人执意要送她去车站，她只能应允。

之所以不愿让程宿来送，是因为蒲桃讨厌离别的场景，她完全能预见到自己会不由自主哭泣，体面、酷劲消失殆尽，她彻底变成一个不成熟的小孩儿。

结果不出她所料,等安检时,她哭成了泪人。

程宿被她通红的眼圈和鼻尖逗笑,又止不住地心疼。他捧着她的小脸,用拇指替她抹去泪痕:"哭什么啊。"

"舍不得啊……"蒲桃瘪着嘴,声若蚊蚋,道明心中所想,"我不想跟你分开。"

是啊,还没跟他分开,她就开始思念了,思念到心碎,碎成脆弱的珠花,一股脑儿地从眼里蹦出来。

她越哭越停不下来,抽泣着,上气不接下气。

程宿观察了她一会儿,心被细细密密的线箍匝,又痛又紧,他把她按进怀里,好像这样才能缓解一点。

第一次道别时,分明还不是这样的。

短短几天,他们都变成了痴情又心伤的病人,被这种甜蜜的暴力榨取和充盈。

恋爱能轻而易举改造扭转一个人,敲裂石膏,他们不得不重塑自以为安全定型的自己。

上了车,蒲桃总算止住泪水,她轻轻抽噎着,低头给程宿发消息:我上车啦。

程宿回信迅速:好,看好自己的东西。

蒲桃把挎包往怀间掖了掖:你回去了吗?

程宿说:准备。

他又叮咛：想见我就告诉我，不要偷偷哭鼻子逞能。

蒲桃揉了揉干涩的左眼，鼓嘴回信：我现在就想见你。

程宿：待会儿我开去蓉城。

怕他一言不合来真的，蒲桃忙说：不用！我开玩笑的！只是太想你了而已！你千万不要真的来！你要工作我也要工作！不是口是心非！

她连用几个感叹号加重语气，证实这些话并非诳谎。

程宿：好。

人不能经历另一种生活，尤其是过分鲜明的生活，不然会觉得过往一成不变的一切，都太黯淡了。

独自一人拖着行李箱走出站台，蒲桃心头灰蒙蒙的，好像不开灯的房间。

她劲头减去大半，低头给程宿报平安：我到蓉城了。

程宿回复的速度令她情绪转好了些：天气怎么样？

蒲桃：还不错，但我心里是阴天。

程宿：好巧，我这儿也是阴天。

蒲桃眼角下弯：瞎说，我上车的时候明明晴空万里。

程宿：可能因为太阳走了吧。

蒲桃笑了起来，她被哄好了，短短几个字，她周遭日光倾城。

她掂高手机，一边用余光避着行人，一边回复：好想你啊。

她也不太理解自己为什么老重复这句毫无营养又毫无技术含量的话，可这就是最直观的表达。

程宿：我也是。

蒲桃难过又甜兮兮：你回家了吗？

程宿：在店里。

蒲桃：怎么没回家？

程宿：怕更想你。

蒲桃彻底痊愈，打了辆车：我给你留了东西。

程宿：什么？

蒲桃：在你枕头下面，你回去了再看。

因为这句话，本打算在店里待到晚上的程宿，提前回了家。

进门后他直奔主卧，掀开枕头，下面果然摆着一个信封，淡黄色纸壳，仔细盖着火漆印戳。

他坐在床边，小心拆开。

里面是一张照片，他们这几天来唯一一次合影，她眯着笑眼，他微微勾唇，也不知道她什么时候打印的。

翻到背面，有女人寥寥几笔就绘下的生动图画，和正面照片很像，但形象更可爱一些。

下面写着：

程宿、蒲桃锁了！！！爱心 爱心

程宿失笑，又敛目瞧了会儿这张照片的正面、背面，有些爱不释手，最后拍了张照片发给蒲桃，故意说：就这？

蒲桃还在出租车上：就这？？？

程宿：什么时候印的？

蒲桃：那天逛超市，我说要去趟卫生间，让你在店里等我，其实是看到旁边有家图文店，就临时有了这个主意。

程宿：你鬼点子真多。

蒲桃：哪有。明明是你床头太空，需要个相框填补。

程宿：我去找个相框。

蒲桃：要好的。

程宿：要多好？

蒲桃笑嘻嘻，无耻要求道：就放里面一辈子都不会氧化褪色的那种。

程宿：我认真找找。

蒲桃称心如意地问：喜欢我留的小礼物吗？

程宿将那张照片插回信封，像是将太阳摺下的一小片明暖亮光妥帖收藏。她的问题，他无法准确回答，说喜欢似乎太狭隘浅薄，他喜爱关乎她的一切。

可他不是个易于知足的人，这种缺点大可以隐藏，可它被这几天的眷念依存反衬出来了，当他环视空荡的房间，只会有难以适应的落差。

程宿放弃完美的周旋,连自己都没有意识到是在为难她:怎么不把自己留下,我会更喜欢。

蒲桃察觉到其中施压:我倒是想。

她说:可我要上班,你的书店在山城,异地恋,没办法的。

她打字超快。

不知为何,她平白无故从程宿的回复里尝出苛责的味道,这种苛责闸开了她翻江倒海的委屈。

委屈随之而来的是怄气。

她情不自禁地放狠话:如果你接受不了就及时跟我讲,毕竟我们时间还不长。

她也不知道自己怎么回事,敏感得像易破的壳膜,内里摇摇欲坠,随时能泄洪。

点了发送,出租车已至楼下。

蒲桃按黑手机,开门去提行李。

她明明也想他想得要死,哭得心脏像从咸涩海水里打捞上来的一样,他却开始要求她。

回到公寓,开门的一瞬间,蒲桃快被扑鼻盖脸的怪味熏晕,像是不当心跑进了泔水桶。

馊味无孔不入,蒲桃放下行李箱,没有换鞋,径直跑到厨房找祸源。果不其然，垃圾桶和周边堆满了外卖盒，有些甚至溢流到外边。

她能想象，不在的这几天，"丧尸"如何污染腐蚀了公共区域。

她本以为，从程宿那里回来，是从美梦一脚踏回现实，可她没想到是踩入梦魇。

本就涸着一股火气，蒲桃此时彻底爆发，她气势汹汹地跑到室友门前，猛力敲门，哐哐响。

这一次，里面人开门很快。

只是，现身的并非她室友，而是一个陌生男人。

他体形过分庞大胖硕，只穿着件白背心，气势唬人的文身从肩膀蔓生到手背。

原先还微喘的蒲桃顿时敛息，预想的征伐被提前扼杀。

男人没有轮廓被肉糊成一片的下巴动了动："这么敲门是想干吗？"

蒲桃胸脯起伏一下："住这间房的女生呢？"

男人说："在床上睡觉，找她有事？"

蒲桃问："你是她男朋友？"

"嗯。"

"厨房的外卖都是你们丢的？"

"对啊。"他面无愧色。

蒲桃冷脸，绷着唇："可以收拾掉吗？"

"要你管啊，你是房东？"男人突然扬手恐吓。

蒲桃缩了下脖子，吓到眼眶急速泅红。

胖子呵呵笑起来，偏头问屋内："是她吗？整天找你碴儿那个？"

"就是她。"女生一旦有了护盾，声音都要比平时尖厉。

蒲桃如鲠在喉，死咬了下牙关："这房子就你们住？不然你们全租下好了，想怎么样就怎么样。"

男人面目凶悍起来："受不了就搬走，没本事就受着！"

顾及个体差异和人身安全，蒲桃不想起更多正面冲突，忍气转身回房。

"瓜婆娘！"那男人还在背后唾道，"提个行李，从哪个红灯会所培训回来的吧。"

室友哈哈大笑。

蒲桃哽着咽喉，在恶臭与辱骂里，走回自己房间，轰一下带上门。

周围安静下来，她才发觉裤兜里手机在振动。

蒲桃抽出来，瞥见程宿的名字，好像被夏季的劲风席卷，一下子热泪滚滚。

她接通了，没说话。

程宿也没说话。

兴许是听见她压抑的低泣,他问:"又哭了?哭包子。"

很温柔的称呼,蒲桃再也遏不住,用力抽动鼻腔。

程宿败在她可爱的、孩子气的哭音里,求和道:"刚才是我不好,是我心急了,不该说那种话。"

蒲桃揉了下打湿的鼻头,当下只想找个人仰赖:"呜呜呜……我被人欺负了。"

程宿声音严肃了几分:"谁?"

"我室友跟她男朋友,他们把房子里弄的一团糟,还骂了我很多难听的话。"负面情绪冲顶,令蒲桃大脑充血,她手撑脸,很少如此丧气。程宿带来的光环被恶气扑灭,她清楚地认识到,原来她并没有变成无忧无虑的大小姐,还是一个难以顺心的普通"社畜","我是不想再待在这个鬼地方,你以为我想吗?可房租都交了,我暂时还能去哪儿。你想我留下,可我也想有男朋友给我撑腰出头,我也好想你在啊。"

程宿问:"你住哪儿?"

蒲桃没有吱声。

程宿的气息急促了几分:"把地址发我。"他要求,"马上。"

"你千万别来,让我倾诉发泄一下就好了。"蒲桃说,"你来了我只会压力更大,觉得自己很没用。"

"我不去,只是想要个地址。"程宿声音柔和下来,"微信发给我?"

蒲桃切回微信,发送自己定位,并且把具体楼号门牌告诉了他。

不到半个钟头,她听到外面门铃响。

这么快,肯定不会是他。蒲桃猜测着,想出去开门,却发现外面有了响动,隔壁已经先行一步。

她将耳朵贴在门板上细听。

是胖子去开的门。

有男人同他对话:"请问有位叫蒲桃的女孩子住这边吗?"

蒲桃当即拉开房门。

玄关处立着一个平头男人,与程宿年纪相仿。

他视线越过胖子,只看她一眼就了然,他冲她走过来,再次确认身份:"蒲桃对吗?"

蒲桃点了下头。

他自我介绍,言简意赅地说明来意:"我叫吴境,是程宿的朋友,你收拾下,立刻搬家。"

这名字有些耳熟,但这并不能减缓蒲桃的吃惊:"现在?"

吴境点点头,脸上闪出一丝笑意:"对,程宿已经开车过来了,他说如果到之前我还没把你安顿好,就要拿我问罪开刀。"

I want to know you

第14章 将来

男人指令下达得太快,字里行间执行力惊人,以至于蒲桃都有些反应不过来。

她愣愣地看着吴境:"程宿过来了?"

吴境被她迟钝的神态逗出笑容:"对啊。你快整理吧,东西太多的话就先把必需品带上,剩下的以后分批取走。我那儿五脏俱全,附近有超市有商场,少了什么回头再让程宿陪你买就是。"

蒲桃问:"是……去你家吗?"

"不不不。"吴境摇头,"是我的一套房子,也在武侯区,离这儿不远,一直空着没人住。"

他催促着,抽了抽鼻子:"这房里什么味,亏你住得下去。"

回房的胖子步子一顿,但吴境人高马大,面目硬气,一身名牌是金钱堆砌的盔甲,瞧着并不好惹,他不想多事,回房关上了门。

蒲桃也回过神,转身收拾东西。

她刚到家不久,中间又来了个恼人插曲,所以行李也还没拿出来整理。

蒲桃蹲下身，往里面添了些换洗衣物。扯上拉链时，心绪倏地就将她眼眶盈满，她以指尖抹去，一时半刻也无法辨析出这种冲击，只能将其归咎于动容。

吴境过来帮她提行李，她直说不用，男人还是执意要到自己手里，并说："你就别不好意思了，我答应了程宿要把你送到位。"

无意叨扰到这么多人，蒲桃深感抱歉道："真是麻烦你了。"

"这有什么，"吴境笑了笑："就接送一下。"

半小时后，蒲桃来到吴境的公寓。

这房子一看就无人居住，纤尘不染，且毫无烟火气，浓郁的北欧风透出简亮的崭新，与自己灰不隆冬的旧舍大相径庭。

吴境简单示范了下主要电器的使用方法，便将钥匙交给她："正好节后找家政来大扫除过，被你俩赶上了。"

蒲桃接过，眼含感激。

吴境叫她别客气，就去门口回了个电话。

蒲桃坐在旁边抿着热水，依稀听见"安排"字眼，她猜吴境是在跟程宿通话。

她的猜想得到进一步印证。

没一会儿，吴境走回屋内，把手机递过来："喏，程宿的电话。"

蒲桃怔了一下，点点头，接过手机贴到耳边。

率先听见的，是车内导航的声音。这声音无疑是催泪瓦斯，蒲桃一下子难以开腔，只能压着微哽的咽部，静静呼吸。

程宿讲话似清泓徐来："我还有两个多小时到。"

蒲桃"嗯"了下。

"等我到了一块儿吃饭？"他平常地说着。

蒲桃应道："好，你专心开车，有话到了说。"

"好。"

等他挂断，蒲桃将手机归还，又道了声谢。

吴境没有久留，留下自己的联系方式就辞别离开。

整间屋子只剩下蒲桃一个人，她摩挲着全白的马克杯，打量着屋内的布局与设施，眼底涌上羡意。

大学毕业找房时，瞥见类似的公寓招租，她会直接略过，点都不会点入。

钱难挣，屎难吃，这是她流离转徙两年的真实感受。

人无法经济自由、安身立命时，就必须窝囊地学会承受，继而接受。

所以她一直省吃俭用，打算将来买间四五十平方米的公寓，从此不用寄人篱下，在自己的世界里随心所欲。

蒲桃喝空杯子里的水，开始整理行李。

她将里里外外重新打扫一遍，这房子很大，粗略目测有一百二十平方米往上。

等蒲桃忙完，已经是气喘吁吁，她倒回床上，不知不觉陷入一片纯白梦乡。

不知过了多久，她被手机铃声叫醒。

蒲桃一个鲤鱼打挺坐起来。窗外日暮西斜，她昏昏沉沉地摸头，捋了下发梢，垂眸看屏幕上的名字。

程宿。

蒲桃被这两个字轰醒，接通电话，跳下床，急不可耐地往外小跑。

"你到了？"她拖鞋都穿反了，走得不免磕磕绊绊。

"嗯，在楼下。"程宿说，"我东西有点多，方便下来帮个忙吗？"

"我马上到！"蒲桃拿低手机瞟了眼时间，而后拎下帆布鞋，匆匆将脚蹭进去。

揣上钥匙，她直奔电梯。

刚走出楼道门，就望见了程宿的车。

然后是他。

男人立在车边，身旁并无行李，两手空空在等她。他眼眸深处有静谧的斜阳，能湮灭所有消沉。

蒲桃短暂地顿了下足，冲他飞跑过去。

她下来得太急，鞋后跟都没拉，每一步都走得啪嗒啪嗒，并不顺畅，但她还是毫不迟疑地将自己砸进程宿怀里。

程宿稳稳揽住，好像接住一只归巢的鸟儿。

蒲桃用力环住他，脸贴到他胸膛，她必须确认他心跳，来佐证这一切并非幻象。

而程宿的下巴也找到了相契的搁置处，他在她头顶亲昵而徐缓地碾着，一下一下，那里似乎有一片柔软的麦田。

片刻，程宿垂眼找她的脸，说："让我看看，是不是又哭了。"

蒲桃在他衣襟上接连揩拭几下才肯抬眼："哪有。"

程宿专心审视着，说是检查，倒更像是在发泄贪婪的想念。

他倾身吻她一下。

蒲桃没有躲，踮脚亲回来，也是一下，还有脆响。

程宿单手把她控回来，吮住她嘴唇。蒲桃心口发麻，蔓延至全身，她情难自已地用双臂揽住他脖颈，两个人竭力拥吻着，身躯紧贴，亲得难舍难分。

光从树梢擦过，碎在风中。好一会儿，他们才分开。

蒲桃瞥了瞥他的手："你的东西呢？"

"车里。"

"怎么不拿出来?"

"拿出来了怎么有手抱你。"

蒲桃心花怒放地笑出来。

程宿放开她,去拉后座门:"你拎猫包就好。"

蒲桃微微一怔:"你把大条带来了?"

"嗯。"程宿躬身从里面拎出一只全黑的帆布宠物包,递给她。

蒲桃忙双手接过。

她举高猫包,从透明小洞里看大条,它还是一成不变的淡定,黄绿色的眼睛不露感情。

隔窗逗了逗它,并未得到回应。蒲桃垂下手,去找程宿。

男人从车后备厢提出行李,搁到地上。

等他关上后备厢,蒲桃拧了下眉,又问一遍:"怎么把大条带来了?"

程宿看回来,勾了下唇:"明知故问就没意思了啊。"

有些惊喜呼之欲出,蒲桃极力绷紧止不住要上翘的唇角:"你要住过来?长住吗?"她难以置信,声音近乎打颤。

程宿拖着箱子走回来:"不然我来度假?"

他语气轻描淡写,仿佛这个决定并不会给他的生活带来分毫影响与动静。

"真不用的,我没想这样……"他也太好了,真的太好了,怎么会这么好,说绝世好男友都不能恰当概括,蒲桃完全傻了,千里迢迢赶来就够让她惭愧的了,没想到他还留有绝杀大招。

现下情景奢侈到远超想象,蒲桃不知该哭还是该笑,这男人非比寻常,泪腺操控家,稳扎她情绪死穴,属实难以招架,否则她为何惶恐到极点,又感动到极点:"你过来了,山城的店怎么办?"

"有人管。"程宿一手提起行李,另一手扣住她肩膀,往自己这边倾斜,他偏头凑近,含笑安慰道,"放心吧,这件事不难办,见不到你才难办。"

帮程宿收拾好东西,这间房子顿时多了些人气。

一个人是过,两个人就有了点儿家的味道。

大条的存在更是注入灵魂,它给这里添上了绒绒的一笔。

蒲桃本来还担心它换了环境会不适应,却没料到它比谁都随遇而安,第一时间抢占沙发扶手,合眼打盹,跟在原先家里无异。

休息时间,蒲桃倒了杯水搁程宿跟前。

男人正倚在沙发上看手机,见她过来,他把手机放茶几上,端起杯子。

蒲桃有许多问题,她坐到他身边:"这房子是你朋友的?"

程宿看向她:"对。"

蒲桃眨了下眼:"就给我们住了?"

程宿颔首,把水杯放回去。

蒲桃视线偏移,说:"那我好惭愧啊,对你,对你朋友,都是。"

"有什么不好意思的,"程宿淡淡一笑,"反正他也不住。"

蒲桃抠了下额稍:"可以让我付部分房租吗?"

程宿前倾身子,将手肘搁到膝上,眉心微微皱起:"付给谁啊,我?吴境都没跟我收钱,说报销水电就行。"

蒲桃失语。她可太歉疚了,歉疚到词穷,没话找话:"那他买这房子干吗?"

程宿:"当时买来想做民宿,后来没精力弄,就闲置在这儿了,我们还替他废物利用了。"

"有钱人都这么随意的吗?"蒲桃望了望天,小声嘀咕。

程宿听见了:"嗯,你就老实住着吧。"

蒲桃噘了下唇:"那你呢?"

"嗯?"

"你真要跟我同居啊？"

程宿目光沉了几分："不欢迎？"

"怎么可能不欢迎？"蒲桃音调提高，又沮丧下去，"我也不是作，就是……觉得好耽误你，我都没为你付出过什么，你却做了这么多。"

她嗓音越来越低，垂眼扒拉起纤细的手指。

程宿注视着她，唇微不可察地翘了下，而后说："过来。"

蒲桃抬头："嗯？"

"过来。"

蒲桃往他那儿挪近。

"再近点儿。"

蒲桃完完全全挨到他身旁。

程宿扣住她手，面色温和："我自愿的。"

蒲桃笑出来："程宿，你是恋爱脑吗？"

"嗯。"

"你多大人了？"

"怎么说也比你大。"

蒲桃做纳闷状："我怎么觉得我比你要思想成熟行事稳重。"

程宿没搭话，手忽然顺着她腕部，滑到肘窝。他欺身过去，直接将她压到沙发上。

蒲桃起了一身鸡皮疙瘩，心头胀满奇异的刺激。

程宿凑近她颈侧："把照片留我床头干什么？"

蒲桃肢体急剧收缩起来，他的低音与热息，快把她烧着了。

她吞了吞口水，喉咙里有了些干渴的牵扯感："给你睹物思人。"

"有摸到实体的条件，为什么还要委屈自己看照片。"他鼻尖磨蹭到她下颌，声音好像一张黑色的网，把她套牢。

蒲桃艰难地维系能与他沟通的理智："可你的事业主战场在山城。"

"我年初就有来蓉城再开间大店的规划，"他慢条斯理说着话，也在不缓不急地用手打开她，"你的出现只是让这些提前了。"

蒲桃双腿根本并不拢了，情不自禁溢出一些低柔的、没有规律的声音，话语掺杂其间，断断续续："也就是……说，嗯，我才是你的……事业工具人，嗯，是吗……"

程宿咬住她的唇。

…………

随后，蒲桃贴在程宿怀里，不想说话，闭着眼假寐。

程宿的呼吸过于神奇，事前能催情，事后能助眠，她这会儿昏昏欲睡，舒适到极点。

程宿手插在她头发里，抚动着，见她好一会儿不动，敛目轻问："睡着了？"

蒲桃极轻地摇了摇头。

程宿笑了笑，在她额头印下一吻。

蒲桃不满足，双目用力夹紧。

程宿吻了吻她眼皮。

蒲桃皱起鼻梁，他又去亲鼻子。

最后，她嘴嘟得老高，他就去含住，吮嘬着，缓慢而缠绵，像要融化一枚糖。

被他深吻，蒲桃体内如百爪挠心，皮肤渐渐烫到无所适从起来，她终于舍得睁开眼，抗议："我又要被你亲那个了。"

程宿看着她笑，眸子深幽幽的："哪个？"

"当心我把你榨干。"她张牙舞爪假意恐吓，自己脸倒先红起来，而后抿住唇，似乎在躲避，怕场面再度失控。

程宿掐了下她的脸："出去吃饭吗？"

冲了个凉，换了身衣服，两人一齐去了西财后面的美食街。

程宿对此处轻车熟路，蒲桃猜道："你不会是在西财念的大学吧?"

程宿将手里的烤脑花递给她:"才想到?"

"难怪你对蓉城这么熟。"蒲桃恍然大悟,"说不定比我都熟。"

程宿跟着她离开摊位:"你不是本地人?"

蒲桃点了下头:"我老家在绵城,大学考过来后才留在这儿的。"

她叹口气:"十八岁之前都没离家过,所以很不喜欢车站告别的场景,很舍不得爸妈,现在又多了一个你。"

她一直想向程宿解释过安检时的情难自抑,眼泪掉成那样,是太夸张了,可这些都事出有因,因为她的脆弱,因为她很不喜欢与所爱之人别离。

程宿淡笑:"我该说荣幸吗?"

"嗯?"

"因为跟你父母一样重要。"

"哪有,还差一点的。"

"哦,白高兴了。"

蒲桃忍俊不禁。

两人找了家小店坐下,周围多为学生,置身其中,难免蘸上一些鲜活的青春气息。

老板娘端来两碗澄黄的炒冰。

蒲桃用小勺舀起来，含进嘴里，清甜凉爽。

她环顾四周，问：“你以前也常来这儿吃吗？”

"嗯，基本跟室友一起。"程宿说，"今天去接你的那个人，就是我室友。"

"哇，你们关系这么好？"

"还行。"

蒲桃想起他之前提过的专业："你以前学金融，现在怎么开书店了？"

"我毕业后在国金待过半年，后来不喜欢，就出来开店了，现在挂职在我室友公司当金融顾问。"

"啊？"

"我意思是，别胡思乱想了。就算我书店开不下去，多养两三口人也没问题。"程宿随意说着，补充，"外加一只猫。"

蒲桃双手搭头，急急否认："我没这个意思，我的收入……养活自己也没问题，绝不给你拖后腿……"

程宿有了笑意："我知道。"

他双手搭到桌面，坐姿刻意正式了些："说说你吧，我贸然过来，对你有影响吗？你原来有计划吗？"

既已开诚布公，蒲桃也不隐瞒："我在存钱，想买间小公寓。我都搬家四次了，室友一个不如一个，真是受够租房的日子了。我打算存够首付就买，之后按揭。"

莫名被"地图炮"到，程宿蹙眉："我也不如？"

"不包括你！"蒲桃忙转口，"你是我男朋友哎，我的亲人，我的爱人，岂能以'室友'二字草率概括。"

"哦……"程宿意味深长应了下，笑着问，"存多少钱了？"

蒲桃立马闭紧嘴巴，装聋作哑。

可程宿还在问："多少？"

蒲桃搓了下脑门儿："不多不少。"

"具体数字呢？"

蒲桃为难，双手撑腮："不好意思说。"

程宿前倾身体："悄悄告诉我。"

蒲桃自知难逃一问，左右看了看，也凑过去跟他咬耳朵。

听完存款金额，程宿点了下头，正色："还不错，你才工作多久。"

"就是！"得到认可，蒲桃立即趾高气扬起来，挖出一大口炒冰放嘴里，"我觉得我挺厉害的了。"

程宿安静片刻："我准备在蓉城买间房，你来挑，等我收房后就过户给你，只写你的名字。"

他出口惊人，蒲桃一下被呛到嗓子发齁，剧烈咳嗽起来。什么人啊，说起买房跟去菜市场买葱一样。

程宿将装着清水的纸杯推过来，好整以暇："不是免费，你就用你的存款付首付好了，剩余的按照你原计划分月还款。跟谁按揭不是按揭，我这里还不用利息。"

蒲桃双手圈着杯子，完全蒙住："为什么？"

"什么为什么？"

"为什么这么突然。"

程宿勾了下唇，嗓音圈出一片镇定可信的气场："我也是突然想到，突然决定，没有想用房子绑架你的念头……"说着又敛了下眼，自相矛盾，"好吧，也许有这种念头，我承认，但绝不是全部。"

他重新看回来，面色平静："我只是希望，在我的能力范围内，可以让你松弛一些。

"你有些要强，又不想麻烦人，所以我想这种方式比较合适，如果未来我们感情有结果，这间房子可以拿来当我们的婚房。如果有一天，你不喜欢我，我们分开了，我会回山城，房子空在这里，你有需要随时可以入住。如果你不放心，我们可以签个协议。"

蒲桃心怦怦跳，完全震撼地盯住他。

她喃喃，有些茫然，还有些受宠若惊："你真是恋爱脑……"

程宿似乎完全接受这个形容："你刚知道？"

蒲桃沉默了一会儿:"我得想想。"

程宿并不意外:"好。"

回到家,蒲桃还沉浸在程宿的突击计划中,人恍恍惚惚,做什么都无法专心。

趁程宿洗澡,她拿起床头合照相框,专注地看了会儿。

好好一个男的,怎么栽她身上了呢?回想着晚餐时分他那些惊世骇俗的想法,她喜上眉梢,笑容难抑,最后自得地嗟叹一声,仰躺回床上。

蒲桃给辛甜发微信求助,给她说了前因后果。

辛甜震惊到连飙十句脏话:程宿是什么东西?会不会骗你?但看他这现实条件看他这交友圈看他这行动力也不像骗子,你倒像个爱情骗子,骗色就算了,连房子都要骗到手了。

蒲桃把半边脸陷进枕头里,吃吃笑:放屁。

辛甜:你得问清楚,假如你们要个一年半载的就散伙了怎么办,你还要因为"房贷"跟他藕断丝连。

蒲桃沉吟:是哦……

辛甜:这男的心机好深,打得一手好算盘,嫉妒死我了,他怎么能这么喜欢你。

蒲桃:???

又互怼了一会儿，程宿回到卧室，身侧床褥坍塌一点，蒲桃被他揽入怀间。

程宿身上有熟悉的沐浴露淡香，蒲桃静静嗅着，任由自己被包裹，而后启唇道："我刚刚和朋友说了这件事。"

"嗯。"程宿口吻很淡，"她怎么说？"

"她说如果我们很早就分手了，我还没还完，怎么办？"

"分手了你就联系不到我了。"

"啊？"

"房子任由你处置，反正手续钥匙都在你那儿。"

"还说不是道德绑架！"蒲桃气嚷道，捏拳在他肋边连捶好几下，却舍不得用力，"我哪受得起？"

程宿低笑，唇贴到她耳边："这不是道德绑架，是想让你安心。我一直在想，要怎么表达我的投入和对你的喜欢，这个方式大概最合适不过了，你不愿意我也不会强迫，我完全尊重你的决定。"

蒲桃静默了会儿，枕在他胸口的脑袋动了动，抬头攀住他衣襟："你为什么喜欢我？"

程宿想了会儿，坦言："不知道。"

"又不知道？"蒲桃几乎要撞上他下巴。

程宿抬手就弹她个脑瓜崩儿："嗯，你要隔三岔五问这个问题吗？"

蒲桃揉头嘟囔："对啊，因为没有听到过明确的答案。"

程宿长叹一声，说："所以我在想办法证明，但你都不乐意。"

蒲桃哼了声："就不能好好谈个恋爱，差不多了再一起买房吗？付出对等多好啊。"

"我没意见，如果你不怕有压力。"

"我会努力的，努力到达那个平衡点。"

"完全五五分的平衡点可能不太好达到。"

"那就多花点儿时间。"

"你的意思是，跟我有将来的打算了？"

"再说吧。"

"再说？"

"你别挠我，痒……"

…………

"你可不可以再跟我说一遍那句话？"

"哪句？"

"就那句啊。"

"不知道。"

"别装了！"

"怎么还不睡觉？明天我可不叫你了。"

"嘤——"

…………

（完）

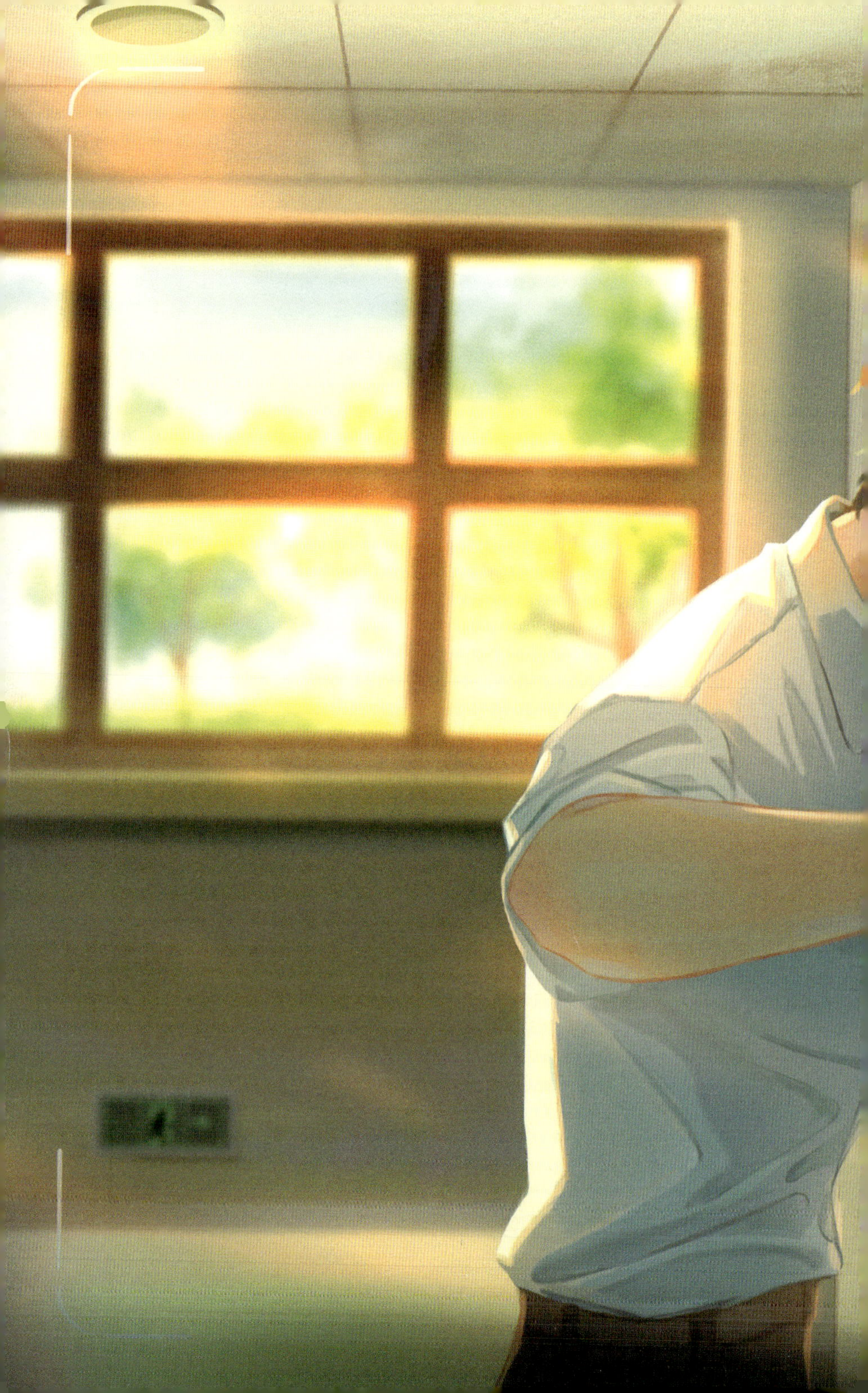

REC

耳朵说它想认识你

Know you

—— ERDUO ——
SHUO TA XIANG REN SHI NI